U0921699

浮生六记

[清]沈复◎著
霍振国◎译注

江苏人民出版社

图书在版编目（CIP）数据

浮生六记 /（清）沈复著；霍振国译注．— 南京：
江苏人民出版社，2022.7
ISBN 978-7-214-27000-9

Ⅰ．①浮… Ⅱ．①沈… ②霍… Ⅲ．①古典散文—散
文集—中国—清代 Ⅳ．① I264.9

中国版本图书馆 CIP 数据核字 (2022) 第 005963 号

书　　名	浮生六记
著　　者	[清]沈复
译　　注	霍振国
责任编辑	胡海弘
装帧设计	凤凰含章
出版发行	江苏人民出版社
地　　址	南京市湖南路 1 号 A 楼，邮编：210009
印　　刷	文畅阁印刷有限公司
开　　本	710 mm × 1 000 mm　1/16
印　　张	11
插　　页	4
字　　数	152 000
版　　次	2022 年 7 月第 1 版
印　　次	2022 年 7 月第 1 次印刷
标准书号	ISBN 978-7-214-27000-9
定　　价	29.80 元

序言

光绪三年第一版序

《浮生六记》一书，余于郡城冷摊得之。六记已缺其二，犹作者手稿也。

就其所记推之，知为沈姓号三白，而名则已逸，遍访城中无知者。其书则武林叶桐君刺史、潘麐生茂才、顾云樵山人、陶芑孙明经诸人，皆阅而心醉焉。

弢园王君寄示阳湖管氏所题《浮生六记》六绝句，始知所亡《中山记历》盖曾到琉球也。

书之佳处已详于麐生所题。近僧即麐生自号，并以“浮生若梦，为欢几何”之小印，钤于简端。

光绪三年七月七日

独悟庵居士杨引传识

浮生六记序

是编合冒巢民《影梅盦忆语》、方密之《物理小识》、李笠翁《一家言》、徐霞客《游记》诸书，参错贯通，如五侯鲭，如群芳谱，而绪不芜杂，指极幽馨。绮怀可以不删，感遇乌能自已，洵《离骚》之外篇，《云仙》之续记也。向来小说家标新立异，移步换形。后之作者几于无可著笔，得此又树一帜，惜乎卷帙不全，读者犹有遗憾；然其凄艳秀灵，怡神荡魄，感人固已深矣。

仆本恨人 ，字为秋士。对安仁之长簟，尘掩茵帱；依公瑕之故居，种寻药草（余居定光寺西，为前明周公瑕药草山房故址）。海天琐尾，尝酸味于芦中；山水遨头，骋豪情于花外。我之所历，间亦如君，君之所言，大都先我。惟是养生意懒，学道心违，亦自觉阙如者，又谁为补之欤？浮生若梦，印作珠摩（余藏旧犀角圆印一 ，镌“浮生若梦”二语）；记事之初，生同癸未（三白先生生于乾隆癸未，余生于道光癸未）。上下六十年，有乡先辈为我身作印证，抑又奇已。聊赋十章，岂惟三叹：

艳福清才两意谐，宾香阁上斗诗牌。深宵同啜桃花粥，刚识双鲜酱味佳。

琴边笑倚鬓双青，跌宕风流总性灵。商略山家栽种法，移春槛是活花屏。

分付名花次第开，胆瓶拳石伴金垒。笑他琐碎《板桥记》，但约张魁清早来。

曾经沧海难为水，除却巫山不是云。守此情天与终古，人间鸳牒只须焚。

衅起家庭剧可怜，幕巢飞燕影凄然。呼灯黑夜开门去，玉树枝头泣杜鹃。

梨花憔悴月无聊，梦逐三春尽此宵。重过玉钩斜畔路，不堪消瘦沈郎腰。

雪暗荒江夜渡危，天涯莽莽欲何之？写来满幅征人苦，犹未生逢兵乱时。

铁花岩畔春多丽，铜井山边雪亦香。从此拓开诗境界，湖山大好似吾乡。

眼底烟霞付笔端，忽耽冷趣忽浓欢。画船灯火层寮月，都作登州海市观。

便做神仙亦等闲，金丹苦炼几生悭。海山闻说风能引，也在虚无缥缈间。

同治甲戌初冬

香禅精舍近僧题

王韬跋

余妇兄杨醒逋明经，曾于冷摊上购得《浮生六记》残本。为吴门处士沈三白所作，而轶其名。其所谓六记者，《闺房记乐》《闲情记趣》《坎坷记愁》《浪游记快》《中山记历》《养生记道》。今仅存四卷，而阙末后两卷。然则处士游屐所至，远至琉球，可谓豪矣。笔墨之间，缠绵哀感，一往情深，于伉俪尤敦笃。卜宅沧浪亭畔，颇擅山水林树之胜。每当茶熟香温，花开月上，夫妇开尊对饮，觅句联吟，其乐神仙中人不啻也。曾几何时，一切皆幻，此记之所由作也。

余少时读书里中曹氏畏人小筑，屡阅此书，辄生艳羡，尝跋其后云：

从来理有不能知，事有不能必然，情有不容已。夫妇准以一生，而或至或不至者，何哉？盖得美妇非数生修不能，而妇之有才有色者，辄为造物所忌，非寡即夭。然才人与才妇旷古不一合，苟合矣，即寡夭焉，何憾！正惟其寡夭焉，而情益深；不然，即百年相守，亦奚裨乎？呜呼！人生有不遇之感，兰杜有零落之悲。历来才色之妇，湮没终身，抑郁无聊，甚且失足堕行者不少矣，而得如所遇以夭者，抑亦难之。乃后之人凭吊，或嗟其命之不辰，或悼其寿之弗永，是不知造物者所以善全之意也。美妇得才人，虽死贤于不死。彼庸庸者，即使百年相守，而不必百年已泯然矣。造物所以忌之，正造物所以成之哉！

顾跋后未越一载，遽赋悼亡，若此语为之谶也。

是书余惜未抄副本，旅粤以来时忆及之。今闻醒逋已出付尊闻阁主人以活字板排印，特邮寄此跋，附于卷末，志所始也。

丁丑秋九月中旬

淞北玉魫生王韬病中识

目录

浮生六记　译文

浮生六记　原文

浮生六记译文

卷一　闺房记乐

我出生在乾隆癸未年（1763）冬十一月二十二，适逢太平盛世，又生在官绅之家，住在苏州沧浪亭边，老天待我真是厚道啊。苏轼说："事如春梦了无痕。"假如不用文字来记下这一切，岂不枉费了上苍对我的一番眷顾。因想到《诗经》是以写夫妇伦常的《关雎》作为开篇，所以，我也从夫妻间的情事开始，其余的内容则依次展开。惭愧的是，我年少时并没有好好读书，识字不多，学识浅陋，只能记录当时的实情实事，若要推敲文章的布局与修辞，就如同苛责有污迹的镜子不够明亮啊。

两小无猜

我小时候与金沙的于氏定了亲，不幸她八岁夭折。于是，改娶陈氏。陈氏名芸，字淑珍，是我舅舅心余先生的女儿。她从小聪明，学说话的时候，家人就教她《琵琶行》，很快能背诵。四岁的时候，她父亲不幸去世，家里就只剩下母亲金氏和弟弟克昌，家贫如洗。芸长大后，熟练女红，一家三口人靠她的手艺过活，即便弟弟克昌上学需要的学费也未曾短缺。有一天，她从书箧里翻到《琵琶行》，便根据自己的记忆开始认字。在刺绣的间隙，她还慢慢学会了吟诗，甚至写过“秋侵人影瘦，霜染菊花肥”这样的妙句。

我十三岁的时候，跟着母亲回娘家，和芸两小无猜，也读到了她的诗。虽惊叹她才思隽秀，却也暗自担心她福泽不深，然而我倾心于她，不能释怀，于是告诉母亲说：“如果我要娶亲，非淑珍不娶。”母亲也爱芸的柔美温和，于是取下金戒指缔结婚约。这一日，正是乾隆乙未年（1775）七月十六。

这一年的冬天，恰逢芸的堂姐出嫁，我再一次跟随母亲去了。芸和我年岁相同，但比我大十个月，我们从小以姐弟相称，所以仍然喊芸为淑姐。那时满屋都是光鲜的衣服，唯独芸全身素淡，只有鞋子是新的。我看到芸鞋子上的刺绣很精巧，问她，她说是自己做的，才知芸的灵慧不只在文字。她身形秀美，削肩长项，瘦不露骨，眉弯目秀，双目顾盼神飞。只是两颗牙齿微露，似乎不是上等容貌。但她那种委婉的仪态，让人不禁心意摇动。我索要她的诗稿来读，有仅存一联或三四句的，多未成篇。我询问原因，她笑着解释："这些都没有老师指导，希望能找到一个知己帮我推敲。"我戏谑地在诗稿上题"锦囊佳句"四字，殊不知，阿芸短命的征兆就隐藏其中。

当天晚上，送亲到城外，回来时已三更时分。我肚子饿，寻觅食物。仆人拿来枣脯，我嫌太甜，不想吃。阿芸悄悄牵着我的衣袖，来到她的闺房里，那里有她准备好的粥与小菜，我很开心地拿起筷子。忽然门外传来她堂兄玉衡的喊声："淑妹快来。"阿芸急忙关起房门说："我已经累了，正准备睡觉呢。"孰料，玉衡竟然破门而入，看到正在吃粥的我，笑着瞟阿芸，说："刚才我说想吃粥，你说没有，原来是藏在这里专门招待你的情郎啊。"阿芸一时感到难为情，就躲走了，整个院子的人也跟着哄笑起来。我因此也生气，拉起老仆人回了家。

自从吃粥被取笑后，我再去阿芸家里，她就有意躲着不见我。我知道，她是害怕被人再次取笑。

新婚

到了乾隆庚子年（1780）正月二十二，洞房花烛夜，我看到芸瘦小怯弱的身材和之前一样。头巾揭下来之后，我们互相对视，嫣然而笑。喝完合卺酒后，我们并肩而坐，吃夜宵时，我在桌下偷偷地握住她的手腕，她的手柔细温润，我的心不觉怦怦直跳。让她吃东西，恰赶上她的斋期，她吃斋已经很多年了。我暗自计算她开始吃斋的时候，正是我出水痘的日子，于是我笑着对她说："现在我面容光鲜，身体无恙，姐姐你从此以后能否不吃斋了呢？"芸眉目含笑，点了点头。

正月二十四，是我姐出嫁的日子，二十三是国忌之日，不能饮酒作乐，所以改为二十二晚上招待宾客，芸在大厅陪宴。我在洞房和伴娘对饮，划拳总是输，喝得大醉后睡去。醒来时芸正在梳妆。

这一天，亲朋好友络绎不绝，华灯初上时才开始作乐。

正月二十四凌晨，我作为新舅送我姐出嫁，凌晨三点回家，已经灯残人静。我悄悄走进房间，陪伴的女仆正在床边打盹，芸卸了妆还没有躺下，银烛高燃，粉颈低垂，不知看什么书如此出神。我抚着她的肩膀说："姐姐连日辛苦，为何还这么用功啊？"芸忙回过头站起来说："正想躺下，打开书橱看到这本书，读起来不觉忘了疲倦。《西厢记》早已耳闻，今天才见到，确实对得起才子的名号，但字里行间未免有些尖刻。"我笑着说："正因是才子，下笔才能如此尖刻。"陪伴的女仆在一旁催促早睡，就让她关门离开。于是我和芸并肩调笑，就像好友重逢。我把手伸到芸的怀中，她的心口怦怦直跳，我俯在她耳边说："姐姐为什么心跳得这样快呢？"芸回眸微笑，我顿时觉得一缕情丝动人魂魄，抱着她进入帐中，不知何时天光大亮。

芸作为新妇，一开始非常沉默寡言，一整天都不会以生气的面目示人，和她说话，她总是微笑。她恭敬地对待长辈，和善地对待小辈，井然有序，没有闪失。一见到太阳照窗，就披衣起床，好像有人在催促她一样。我笑着说："现在不是吃粥的那个时候了，为什么还怕人嘲笑呢？"芸说："从前藏粥等您，被传为笑柄。现在虽不怕嘲笑，但怕长辈说新娘懒惰。"我虽然想和她一起多睡一会，但也感佩她的品行，于是也跟着早起。从此耳鬓厮磨，形影不离，爱恋之情难以言表。

小别

但是欢乐的日子倏忽而过，转眼一个月了。那时我父亲稼夫公在会稽（浙江绍兴）做幕府，专门派人来接我，在武林赵省斋先生门下受学。先生循循善诱，我现在尚能写作，全赖先生的教诲。我回家结婚时，原计划随后跟着先生继续学业；但听到父亲的消

息，心里未免惆怅，担心芸会对人流泪。芸却反来劝勉我，替我收拾整理行囊装扮。这天晚上，只是觉得她神色略微有些不同罢了。临别之时，芸靠近小声说："没有人照料你，自己多加小心。"

等到登船解缆，正当桃李斗艳的时候，我却精神恍惚得像林中失群的鸟，天地的颜色都变了。

到了求学的地方，我的父亲就渡江往东边去了。在学馆的三个月，像是和芸分别了十年。虽然芸时常寄信给我，信里必定是问两句答一句，且大多是勉励话，其余是表面的套话，我特别地不开心。每当风生竹院、月上蕉窗的时候，我不禁对景思人，变得心神恍惚。先生知晓了我的情况，立即给我的父亲写了信，出了十道题目，让我暂时回家，我开心得如同戍边的征人被赦免归乡。

上船后，反而觉得度刻如年。回到家，在母亲那里问安完毕，进入房间，芸起身迎接我，我们握着手没说一句话，但两人的魂魄恍惚间化成烟雾，只感觉耳边惺然一响，连身在何处都不知道了。

消夏

当时是六月份，室内非常炎热，幸好住在沧浪亭爱莲居西房的隔壁。板桥内有一个靠近河流的屋子，名叫"我取轩"，取其"清斯濯缨，浊斯濯足"的意思。屋檐前面有一棵老树，浓荫覆盖了窗户，人的脸都映出了绿色，对岸的游人来来往往，络绎不绝。这是我的父亲稼夫公闲居待客的地方。禀告过母亲，带芸在此消夏，因为暑热她停下了刺绣，从早到晚陪着我研书论古、赏月评花。芸不擅长饮酒，最多喝三杯，我便教她射覆酒令助兴，我以为人间的至乐，也就是这样的情景吧。

论诗

一天，芸问我："各种古文，应该尊崇哪家呢？"

我说："《战国策》《南华经》取其空灵畅达，匡衡、刘向取其典雅刚健，司马迁、班固取其博学宽广，韩愈取其浑厚质朴，柳宗元取其严整清峭，欧阳修取其豪宕磊落，三苏取其巧思雄辩，其他如贾谊、董仲舒的策对，庾信、徐陵的骈体，陆贽的奏议，可学的地方不能一一列举，在于个人的慧心领悟。"

芸说："古文全在识高气雄，女子学习恐怕很难入门，只有写诗一途，我稍有心得。"

我说："唐代用诗选拔人才，而诗的宗匠当推李白、杜甫，你喜欢尊奉哪一个呢？"

芸议论说："杜甫的诗锤炼精纯，李白的诗潇洒落拓，与其学杜诗的森严，不如学李诗的活泼。"

我说："杜甫是诗的集大成者，学诗的人多尊崇他，你却独独选了李白，为什么呢？"

芸说："格律谨严，词旨老当，确是杜甫所擅长。但李白的诗宛如姑射仙子，有一种落花流水的意趣，让人喜爱。不是杜不如李，只不过我内心崇杜的心意少些，爱李的心意多些。"

我笑着说："一开始没有料到，你竟然是李白的知己啊。"

芸笑着说："我还有一个启蒙老师白居易，时常在心中触动，未曾稍许消散。"

我说："此话怎讲？"

芸说："白居易不是写《琵琶行》的那个吗？"

我笑着说："奇怪呀，李太白是知己，白居易是启蒙老师，我恰好字'三白'，是你

的夫婿，你与‘白’字多么有缘啊！”

芸笑着说：“与‘白’字有缘，将来恐怕白字连篇了。”（吴语将别字说成白字）

我俩一起大笑。

我说：“你既懂诗歌，也当知道辞赋优劣的选择。”

芸说：“《楚辞》是辞赋的鼻祖，我才疏学浅很难理解。就汉人和晋人的辞赋而言，其中格调高雅、语言精练的，好像觉得司马相如最好。”

我调侃说：“当日卓文君跟着司马相如私奔，或许不是因为琴，而是这个原因吧？”

我和芸再次大笑才结束了讨论。

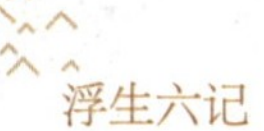

举案齐眉

我性格直爽，落拓不羁。芸像腐儒一样，拘守陈规，礼节太多。偶尔替芸披衣整袖，她一定连声说“得罪”；有时候递给她手巾、扇子，她一定起身迎接。一开始，我很反感这样，说：“你想要用礼法来束缚我吗？俗话说‘礼多必诈’。”芸面颊泛红，说：“恭敬有礼，为什么反而说有诈呢？”我说：“恭敬在自己心中，不在虚伪的表面。”

芸说：“没有比父母更亲的人，这也可以将恭敬放在心里，行为举止却狂妄放肆吗？”我说：“我刚说的是开玩笑的。”芸说：“世间的反目大多是由开玩笑引起的，以后不要冤枉我了，让人闷死。”我于是拉着芸到我怀里，安慰她，她才开口而笑。从此“岂敢”“得罪”竟然成了我们的语助词。

我和芸举案齐眉生活了二十三年，时间越长，感情越亲密。不论在庭院之内，还是在屋内相逢，还是在小路上邂逅，一定握住手问：“去哪里呀？”私心跃动，好像怕别人看到一样。实际上同行并坐，一开始还避着旁人，时间长了也就不在意了。芸有时与别人坐着聊天，见到我来了，一定站起来挪一挪身体，我也就靠近和她并坐一起了。我们都不觉得这需要有什么原因，一开始还有些羞愧，接着也就变成自然而然。我特别奇怪一些夫妇到了年老见面就像仇人一样，不知为什么会这样？有的人说：“不这样怎能白头偕老呢？”说这话是认真的吗？

七夕

这一年七夕，芸陈设香烛瓜果，我们一起在我取轩祭拜织女星。我刻了写有“愿生生世世为夫妇”的两方印章，我拿白底红字的，芸拿红底白字的，作为我们往来书信之用。这天夜里，月色很好。俯视河中，波光如练。我们拿着轻罗小扇，并肩坐在靠水的窗边，抬头望见飞云过天，变化万千。

芸说："宇宙虽大，月亮却是同一个，不知道今日这世上，是否也有像我们两个这样情致的人呢？"

我说："纳凉赏亮，到处都有。若说品论云霞，或寻求幽门闺秀，以聪慧之心默默求证的，必定也不少。如果是夫妇一起观赏，所品论的，恐怕不在这云霞吧。"很快，烛火燃尽，月亮西沉，我们撤了香果，回家睡觉了。

鬼节

七月十五，俗称鬼节。芸准备了酒，打算邀月畅饮。夜里突然阴云密布，天色昏暗，芸神色严肃地说："我能和你白头偕老，明月就会出来。"我也感无趣。只见隔岸的萤光，明灭万点，编织于柳堤和水中的陆地之间。我和芸联句来排遣郁闷的心怀，但两韵之后，越联越放纵，想入非非，随口乱说。芸已经口水眼泪齐流，笑倒在我怀里，说不出话了。我察觉她鬓边有一股茉莉浓香扑鼻，所以拍拍她后背，用其他的话释解说："想来古人因茉莉的形色像珍珠，所以当作鬓边的装饰，却不知道这花一定要沾染油头粉面之气，香味才更可爱，所供的佛手，也应当退避三舍了。"芸才止住笑说："佛手是香中君子，香味在有意无意间；茉莉则是香中小人，所以要借人之势，它的香味也像谄笑的媚态。"我说："你为何远君子却近小人呢？"芸说："我只是笑君子爱小人罢了。"

正说话间，已到三更，看到夜风驱散了云，一轮明月涌现，于是非常开心。我和芸靠着窗户对饮。酒还没到三杯，突然听到桥下哄然一声，像是有人落水了。走到窗户前细看，水波明亮如镜，没有看到任何东西，只听到河滩上一只鸭子疾跑的声音。我知道沧浪亭边素来有溺死的水鬼，担心芸害怕，没敢立刻说出来。芸说："噫？为什么会出现

这种声音呢?”不禁毛骨悚然，匆忙关了窗，带着酒回到房间。灯光昏暗，罗帐低垂，杯弓蛇影，惊魂未定。灭灯进入罗帐，芸身体已经发起寒热，我也跟着发起了寒热，昏困疲乏了二十多天。这就叫作乐极生灾，也是不能白头终老的征兆。

中秋

中秋那天，我的病才好。因为芸已做了半年的新娘，还没有去过隔壁的沧浪亭，所以先让仆人和看门的约好，不要放闲杂人等进来。临近晚上时，带着芸和我的小妹，一个老妪、一个婢女扶着，老仆人在前面带路，过了石桥，进门向东走，沿着曲折的小路入内。叠石成山，林木葱翠。沧浪亭在土山的最高处。顺着台阶到亭心，四周望去，能看到好几里外。此时炊烟四起，晚霞灿烂。隔岸被称作“近山林”，是巡抚出巡宴请宾客的地方，这个时候，正谊书院还没有创设。我们拿了一个毯子放在亭中，围坐在地上，看守的人煮了茶进来。

不一会儿，一轮明月已上林梢，慢慢觉得袖底生风，月到波心，世俗忧虑和尘世挂怀，突然都消失了。芸说：“今天的游园好开心啊！如果驾一叶扁舟往来于亭下，岂不是更快乐！”

这个时候已经上灯，想到七月十五夜的受惊，就相扶着走下亭回来了。吴地的风俗，妇女这一晚上不论大家小户都出来，结队出游，叫作“走月亮”。沧浪亭幽雅清旷，反而没有一个人去。

听戏

我的父亲稼夫公喜欢认养义子，所以我的异姓弟兄有二十六人。我的母亲也有九个义女，这九人中王二姑、俞六姑和芸最要好。王二姑痴憨善酒，俞六姑豪爽健谈。每当她们见面，一定把我赶到外间居住，这样她们三人就能同榻而眠了，这是俞六姑一个人的计策。我笑着说："等到妹妹出嫁后，我应该把妹夫邀请过来，一住必须十来天。"俞六姑说："我也来这里，与嫂嫂同床，不是太好了吗？"芸和王二姑只是微笑。

当时因为我的弟弟启堂娶妻，我们迁居到饮马桥的仓米巷。房屋虽然宽敞，却不再有沧浪亭的幽雅了。

我的母亲寿辰，戏班来演戏，芸一开始很好奇。我的父亲素来没有什么忌讳，点名演《惨别》等剧目，老演员刻画入木三分，看到的人都很动情。我往帘子里看，见到芸忽然起身离开，好久没有出来，到里面探问，俞六姑和王二姑相继而至。见到芸一个人手托下巴独自坐在梳妆奁的旁边，我问："为什么如此不快乐呢？"芸说："看戏原是为了陶冶情趣，今天的戏，只是让人肝肠寸断罢了。"俞六姑和王二姑都笑了。我说："这是陷入真情了。"俞六姑说："嫂嫂要一人坐这一整天吗？"芸说："等有能看的戏再去吧。"王二姑听到芸的话先出去了，请我的母亲点《刺梁》《后索》等剧目，又劝芸出来看，芸才又开始投入看戏。

春游

我的堂伯父素存公早亡，没有后代，我的父亲把我过继给他。堂伯父的墓地在西跨塘福寿山祖坟的旁边，每年春天，我一定带着芸去祭拜扫墓。王二姑听闻这个地方有戈园胜景，请求一同前往。芸看到地上小乱石有苔纹，斑驳可观，指给我看说："用这石头叠盆山，比宣州白石要古雅别致。"我说："如果是这样，恐怕很难多得。"王二姑说："嫂嫂要喜欢这个，我为你捡一些。"随即向守坟的人借了一个麻袋，像鹤一样走路来捡石头。每得到一块，我说"好"，就收着；我说"不好"，就丢掉。不一会儿，王二姑就流了很多汗，拽着袋子回来说："再拾我就没有力气了。"芸一边拣一边说："我听说山果收获，一定借猴子之力，果然如此。"王二姑气得撮起十指佯装要给芸挠痒，我从中阻拦，责怪芸说："别人辛劳，你安逸，还说这样的话，难怪妹妹生气了。"

回来的路上游览戈园，稚绿娇红，争妍竞媚。王二姑素来娇憨，看到花一定会折。芸叱责说：“既没有花瓶养，也不戴在头上，为什么折那么多呢？”王二姑说：“花不知痛痒，有什么坏处呢？”我笑着说：“将来惩罚你嫁给满脸麻子胡须又多的相公，为花泄愤。”王二姑用眼睛怒视我，把花抛在地上，用脚拨入池中，说：“为什么欺侮我到这个地步！”芸笑着开解了一番才作罢。

吃“粪”

芸一开始不说话，喜欢听我议论。我锻炼芸说话，像用纤草逗蟋蟀一样，慢慢地芸能发出议论了。

芸每天吃饭一定用茶泡着，喜欢吃芥卤乳腐，吴地俗称为“臭腐乳”，又喜欢吃虾卤瓜。这两样东西是我平生最讨厌的，于是调侃她说：“狗没有胃才吃粪，因为它不知道

臭脏；蜣螂把粪团成团而变成蝉，因为它想高飞。你是狗呢？还是蝉呢？”芸说：“乳腐因为价廉，可以就粥可以就饭，我小时候吃惯了。现在到了你家，已经像蜣螂变成蝉一样，之所以还喜欢吃，是不忘本罢了。至于卤瓜的味道，是到了这里第一次尝到。”我说：“那么说我家是狗洞吗？”芸窘迫地强行解释说：“粪每家都有，主要差别在吃和不吃之间。然而你喜欢吃蒜，我也是勉强吃。乳腐不敢强迫你吃，卤瓜可以掩住鼻子稍微吃一些，到嘴里才知道味道好，这就像无盐貌丑却德美。”我笑着说：“你是陷害我把我比作狗吗？”芸说：“我做狗很久了，委屈你试着尝一下。”她用筷子强塞到我嘴里。我捂住鼻子咀嚼，似乎觉得味道脆美，敞开鼻子又嚼，竟然成了奇特的味道，从此也喜欢上了吃乳腐卤瓜。芸用麻油加少许白糖拌腐乳，味道也很鲜美。把卤瓜捣烂拌卤腐，称之为“双鲜酱”，有奇特的味道。我说：“开始讨厌最后却喜欢上了，这种道理难以解释。”芸说：“情之所钟，虽丑不嫌。”

破书残画

我弟弟启堂的妻子，是王虚舟先生的孙女。催妆的时候偶缺珠花，芸拿出她纳采时候所收的珠花交给我母亲，婢女老妪在一旁惋惜。芸说：“凡作妇人的，已经属于纯阴，珠是纯阴之精，用作首饰，阳气全被克制

了，有什么宝贵的呢?”而芸对于破书残画反而十分珍惜。书有残缺不全的，一定会搜集分门别类，汇订成卷，统一命名为“断简残编”；字画有破损的，一定寻求旧纸，粘补成幅，有破缺的地方，就请我修补完整再卷起来，命名为“弃余集赏”。在女红和操持家务的闲暇，整天忙于这些琐事，不怕烦倦。芸在破筐烂卷中，偶得可看的只言片纸，如获至宝。以前的邻居冯妪常收乱卷卖给她。

相约一生

她的癖好和我相同，而且能观察我眼中的含义，懂得我眉眼间的话语，一举一动，以神色示意她，没有不头头是道的。

我曾经说：“可惜你是个居家女子，如果能化女为男，我们一起访求名山，搜寻胜迹，遨游天下，不也是很快乐吗!”

芸说：“这有什么难的，等到我两鬓斑白之后，虽然不能远游五岳名山，但是离得近的地方像虎阜、灵岩，南至西湖，北至平山，都可以和你一同游览。”

我说：“恐怕你两鬓斑白的时候，行走也艰难了。”

芸说：“今世不能，那就期待来世。”

我说：“来世你应当是男子，我作为女子跟随你。”

芸说：“必定要不忘今生，才会觉得有情趣。”

我笑着说：“幼时的一碗粥，现在还没有谈完，如果来世不忘今生，新婚之夜，细谈隔世，就没有合眼的时间了。”

芸说：“世人传言月下老人专管人间的婚姻大事，今生夫妇已经承蒙月老的牵合，来世姻缘也要仰借月老的神力，为什么不画一幅像祭祀他呢?”

当时苕溪有一人叫戚柳堤，名遵，擅长描绘人物。我们于是请他画一幅像：一手挽

着红线，一手拄着拐杖，悬挂着姻缘本子，童颜鹤发，奔走在非烟非雾之中。这是戚柳堤的得意之笔。朋友石琢堂在画的开头题写了赞语，把它挂在内室。每当月末和月初，我们夫妇一定焚香祭祷。后来因为家庭的很多变故，这幅画竟然遗失了，不知道落在谁家了。“他生未卜此生休”，两人痴情，果然取得神灵的照看了？

田园闲居

搬到仓米巷，我在卧楼的匾额上题字“宾香阁”，是因为芸的名字而取“如宾”的意思。院窄墙高，没有什么可取之处。后面有厢楼，通往藏书的地方，开窗对着陆氏废园，只有荒凉的景象。（我知道）芸时常怀念沧浪亭的风景。

有老妪住在金母桥的东面，埂巷的北面。屋子周围都是菜圃，编篱为门，门外有池塘，大约一亩，花光树影，错杂篱边。这地方就是元末张士诚王府废弃的地基。往屋子西边走数步，瓦砾堆成土山，登上最高处可以极目远眺。地旷人稀，颇饶野趣。老妪偶然提到这地方，芸神往难以放下，对我说："自从离开沧浪亭，梦牵魂绕，现在不得已只好考虑其次，那个老妪居住的地方可以去吗？"我说："连日来秋暑灼人，我正考虑一个清凉的地方以消长昼。你若愿意去，我先看看她家，可以居住的话，就收拾行装过去，在那里住一个月，怎么样？"芸说："恐怕父母不答应。"我说："我来请求他们。"第二天到了那地方，仅有两间屋子，前后相隔成四间，纸窗竹榻，颇有幽趣。老妪知晓我的意思，欣然租出她的卧室，用白纸糊上四堵墙壁，顿觉改观。于是禀知我的母亲，带着芸住下了。

邻居仅有老夫妇二人，以浇灌园子为业，知道我们夫妇是在这里避暑，先来表明心

意，并把所钓的鱼和摘的院子里的蔬菜送给我们。拿钱给他们，他们不收。芸用自己做的鞋子答谢他们，他们辞谢，却也接受了。

这个时候正是七月，绿树荫浓，水面风来，蝉鸣聒耳。邻居老人又为我们制作鱼竿，我和芸在柳荫深处垂钓。日落时，登上土山观晚霞夕照，随意联咏吟诵，得有“兽云吞落日，弓月弹流星”这样的诗句。不一会儿，月照池中，虫声四起，在篱笆下设了张竹榻，老妪说酒已温饭已熟，于是就着月光，相对饮酒，微醺了才吃饭。沐浴之后，就穿着凉鞋拿着蕉扇，或坐或卧，听邻居老人谈因果报应的事。三更才回去睡觉，周身清凉，几乎不知道自己是居住在城市中了。篱边请邻居老人采购菊花，种满了菊花。九月花开的时候，又和芸来住了十多日。我的母亲也欣然来观赏，吃着螃蟹，对着菊花，赏玩了一天。芸开心地说：“以后要和你在这地方盖个房子，买下十亩围绕屋子的菜园，让仆人老妪种瓜果蔬菜，以供日常费用。你画画我刺绣，作为写诗喝酒的开销。布衣饭菜，可

以快乐一生，就不必作远游的计划了。”我深表赞同。现在我已达到了这样的境地，但我的知己却已亡故，不胜长叹啊！

女扮男装

离我家大约半里，醋库巷有个洞庭君祠，俗称“水仙庙”。回廊曲折，稍有一些园亭，每逢神仙诞辰，众多姓氏各认一个处所，密密地挂上同样的玻璃灯，中间设置宝座，旁边列置花瓶案几，插花陈设，来比较胜负。白天只有演戏，夜晚就高下错落，在花瓶中插上蜡烛，名叫“花照”。花光灯影，宝鼎香气浮绕，像龙宫夜宴一样。管事的人，有

的笙箫歌唱，有的煮茗清谈，观赏的人像蚂蚁一样集聚，屋檐下都设了栏杆为限。我被众多朋友邀去插花布置，因而能够躬逢其盛。

回家向芸称羡，芸说："可惜我不是男子，不能前去。"我说："戴上我的帽子，穿上我的衣服，也是把女子变成男子的方法。"于是把她的发髻改成辫子，把眉毛画粗，加上我的帽子，微微露出两鬓，尚且可以掩饰，穿我的衣服，长了一寸半，在腰间折叠然后缝上，外面加上马褂。芸说："脚下怎么办呢？"我说："坊间有蝴蝶鞋，大小可以调节，购买也非常容易，而且早晚可以代替拖鞋使用，不也是很好吗？"芸很开心。

等到晚餐后，装束完毕，仿效男子拱手阔步的样子很久，她忽然变卦说："我不去了，被人认出来不好，母亲知道了也不允许。"我怂恿说："庙中管事的人谁不认识我，即使认出来，也不过笑一笑罢了。母亲现在在九妹丈家，我们偷偷去，偷偷回来，她哪里能知道呢。"

芸揽镜自照，狂笑不已。我强行挽着芸，悄悄地从小路过去。游览整个庙，没有人认出芸是女子。有人问这是谁，我回答是表弟，她只是拱拱手。最后到了一个地方，有少妇、幼女坐在所设的宝座后，是姓杨的管事的家眷。芸忽然小步走过去问候她们，她的身子向一侧，不觉压到了少妇的肩上，旁边有婢女愤怒地站起来说："哪来的狂妄的书生，竟然这样不守规矩！"我试着为芸找一些话掩饰，芸见势头不好，立刻脱下帽子跷起脚给她们看说："我也是女子。"互相都很诧异，转怒为欢，留下芸吃茶点，叫上轿子送她回家。

畅游太湖

吴江的钱师竹病故，我父亲写信回来，让我前去凭吊。芸私下对我说："去吴江一定经过太湖，我想和你一同前去，拓展我的眼界。"我说："正忧虑自己孤单独行呢，能和你一起去当然很好，但是没有好的借口。"芸说："就借口说我回娘家。你先登上船，我随后就来。"我说："若是这样，回来的路上要把船停在万年桥下，和你一起待月乘凉，来续写沧浪的韵事。”

那天是六月十八，这天早晨凉爽，我带着一个仆人先到胥江的渡口，登上船等待，芸果然乘着轿子来了。我们解开绳子离开虎啸桥，渐渐看到风帆沙鸟，水天一色。芸说：“这就是所说的太湖吗？现在能够见到天地之宽，不虚此生了！想到有些闺中的女子一辈子都不能见到这样的景象！”闲话还没说上几句，风摇岸柳，已经到了吴江城。

我上岸拜奠完毕，回来看到船上没有人，着急地询问船夫。船夫指着说：“没看到长桥柳荫下观看鱼鹰捕鱼的人吗？”原来芸已经和船夫的女儿上岸了。我到了芸的身后，芸还满身是汗，倚着船夫的女儿出神。我拍了拍她的肩说：“衣衫汗透了。”芸回头说：“担心钱家有人到船上，所以暂时回避一下。你怎么回来得这么快？”我笑着说：“打算追捕逃犯。”于是我们相挽着登上船，乘船返回万年桥下面，太阳还没有落下。船上的窗户都放下来，清风慢慢吹进来，拿着纨扇，穿着罗衫，切瓜解暑。不一会儿，晚霞映照得桥都变红了，烟笼柳暗，月亮将上，渔火已是满江。

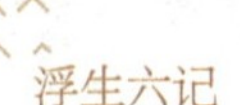

让仆人到船尾和船夫一同饮酒。船夫的女儿叫素云，和我有杯酒之交，人很不俗，招呼她和芸一同坐下。船头没点灯火，等待月亮畅饮，以射覆为酒令。素云双目闪闪，听了很久，说："行酒令的规矩我十分熟悉，从来没听说过有这样的酒令，请你们教我。"芸随即打比方开导她，但她还是很茫然。我笑着说："女先生先别说了，我有一句话打比方，你就明白了。"芸说："你怎么打比方呢？"我说："鹤善舞但不能耕地，牛善耕但不能跳舞，动物的本性是这样，先生想要违反事情的规律来教导她，不是徒劳吗？"素云笑着捶打我的肩膀说："你在骂我吗？"芸出令说："只许动口，不能动手。违者罚一大杯酒。"素云酒量好，满满地倒了一杯，一饮而尽。我说："动手只准摸索，不能打人。"芸笑着挽素云放在我怀里，说："请你尽情摸索。"我笑着说："你不是通解的人，摸索要在有意无意间。拥入怀中放纵摸索，是粗俗人的做法。"

这时芸和素云两人鬓上所簪茉莉，被酒气蒸发，再加上汗水和油香，馨香穿透鼻子。我调侃说："小人的臭味充满船头，令人恶心。"素云忍不住握起拳连续捶打我说："谁让你狂闻呢？"芸喊着说："违令，罚两大杯酒！"素云说："他又用小人骂我，不该打吗？"

芸说："他所说的小人，是有原因的。请干了这杯酒，再告诉你。"素云于是连着喝完两杯，芸于是告诉她沧浪旧居乘凉的旧事。素云说："若是这样，真的错怪了，当再罚。"又干了一杯。

芸说："早就听说素娘擅长唱歌，可以听一听美妙的歌声吗？"素云就用筷子打击碗碟唱歌。芸开心地畅饮，不觉已大醉，于是乘着轿子先回去了。我又和素云说了一会话，踏着月光回家了。

当时我借住在朋友鲁半舫家的萧爽楼中。过了几天，鲁夫人误听了别人的话，私下里告诉芸说："前天听闻你的夫婿带了两个歌妓在万年桥的船上饮酒，你知道这事吗？"芸说："有这样的事情，其中有一个就是我。"于是把一起游玩的始末详细告诉了她。鲁夫人大笑着，释然而去。

憨园

乾隆甲寅年（1794）七月，有亲戚从粤东回家。有一个带着小妾回来的同伴，叫徐秀峰，是我表妹婿。羡慕称赞新人的美貌，邀请芸去看。芸过了几天对秀峰说：“美是美，韵味还没有达到。”秀峰说：“那么如果你夫君要纳妾，一定要美且有韵味吗？”芸说：“是这样。”从此便痴心于为我物色，只是缺钱。

这时有浙江歌妓叫温冷香，寄居在吴江，有咏柳絮四律诗，在吴江盛传，有好事的人多写诗唱和。我的朋友吴江张闲憨素来欣赏温冷香，带着柳絮诗来索要唱和。芸轻视这个人就不予以理睬，我技痒所以和了一首，其中有“触我春愁偏婉转，撩他离绪更缠绵”这样的句子，芸非常赞赏。

第二年乾隆乙卯（1795）秋天八月五日，我母亲要带芸游虎丘，张闲憨忽然来到说：“我也有游虎丘的打算，今天特地邀请你作探花使者。”于是让我的母亲先去，约定在虎丘半塘见面。张闲憨拉我到温冷香的住处，看到冷香已经是中年人了。有一个女儿叫憨

园，还没到十六岁，亭亭玉立，真是“一泓秋水照人寒”。接待期间，知道她颇通文墨。她有个妹妹叫文园，还小。我这时还没有痴想，况且只是贪一杯之叙，认为并不是寒士所能负担的。但是已经来了，心里忐忑不安，勉强应酬作答。因而私下问张闲憨说：“我是贫寒的士人，你用尤物美人来戏弄我吗？”张闲憨笑着说：“不是这样，今天有朋友邀请憨园应答我，主人被客人拉过去，我代替客人转邀客人，请不要有其他的顾虑。”我才释然。

到了半塘，两船相遇，让憨园到另一艘船叩见我母亲。芸、憨相见，欢喜得像以前就认识一样，手牵手登山，游览了全部的风景。芸独爱千顷云高旷，坐着观赏了很久。返回野芳滨，欢快地畅饮，将两艘船并排停靠。等到解开船绳的时候，芸对我说：“你陪张闲憨，留下憨园陪我，可以吗？”我应允了。乘船返回到都亭桥，两艘船才分开。回到家已是三更。

芸说：“今日得见美且有韵味的人了，刚刚已经约了憨园，明天过来找我，要为你谋取到她。”

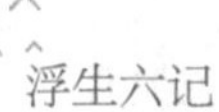

我吓得说："这个姑娘没有金屋不能贮藏，穷书生怎么敢有这样的妄想呢？况且我们两个人情趣相投，感情忠实，何必外求呢？"

芸笑着说："我自己也很喜欢她，你暂且等待吧。"

第二天中午，憨园果然来了。芸殷勤款待，筵席中以猜枚（赢了吟诗，输了喝酒）作为酒令，从头到尾都没有招揽的话。等到憨园回去后，芸说："刚刚又和憨园偷偷地约定，十八那天来这里，我和她结为姊妹，你要准备好菜来款待。"芸笑着指自己臂上的翡翠钏说："如果见到此钏戴在她的手腕上了，事情一定成了。我刚刚已经表达了我的意思，还没有深入了解她的心思。"我姑且听从。

十八那天大雨，憨园竟然冒着雨来了。进入室内很久，才和芸挽着手出来，见到我很羞涩，因为翡翠钏已在她的臂上了。焚香结交之后，打算继续之前的畅饮，恰逢憨园要到石湖游览，随即告别离开了。

芸高兴地告诉我说："已经得到佳人了，你怎么感谢我这个媒人呢？"

我向她询问详情，芸说："从前偷偷地说，是担心憨园心里另有所属，刚刚探问，她没有心上人，告诉她说：'妹妹知道今天的意思吗？'憨园说：'承蒙夫人抬举，真是像蓬蒿靠着玉树，但是我的母亲对我寄予了很大希望，恐怕我难以自己决定，希望我们慢慢想办法。'我取下翡翠钏戴到她臂上时，又对她说：'玉取它的坚韧，且有环绕不断的意思，妹妹尝试着戴上它，作为开始的预兆。'憨园说：'是聚是散，全看夫人您的意思。'现在看来，憨园的心已经得到了，所为难的是冷香，应当再想办法。"我笑着说："你要仿效李渔的《怜香伴》吗？"芸说："是的。"从此没有一天不谈论憨园的。

后来憨园被有权势的人夺去，没有实现。芸最后竟因这件事而去世。

卷二 闲情记趣

观虫

回忆我在童年时，能张开眼睛对着太阳，明察秋毫。我见到细小的东西，一定仔细观察它的纹理，所以常常能感受到超出物外的乐趣。

夏天蚊子发出雷鸣般的声响，我暗自把它们比作群鹤在空中飞舞，心里这么想，成千成百的蚊子果然都变成仙鹤了。我抬头看它们，脖颈因此僵硬了。我又将几只蚊子留在帐中，用烟慢慢喷它们，让它们冲着烟雾

边飞边叫，当作青云白鹤的风景来看，果然像仙鹤在云端鸣叫，我高兴地叫好。

我常在土墙高低不平的地方，在花台杂草丛生的地方，蹲下身子，让自己和花台平齐，凝神观察，把草丛当作树林，把虫蚁当作野兽，把土块突起部分当作山丘，凹陷的地方当作山谷，神游其中，怡然自得。

一天，我见到两只小虫在草间相斗，正看到兴头上，忽然有个庞然大物拔山倒树而来，原来是一只癞蛤蟆，舌头一吐，两只虫子全被它吃掉了。我那时年纪很小，正出神，不觉惊叫害怕起来。思绪安定下来，捉住癞蛤蟆，鞭打了十几下，驱赶到别的院子里。长大后回忆这件事，两只虫子相斗，大概是一只虫子图谋奸淫，而另一只不顺从。古语说“奸近杀”，虫子也是这样吗？我贪迷这种活动，生殖器被蚯蚓所吸（吴地俗称阳具叫卵），肿得不能小便。我捉鸭子掰开嘴让它吸，婢女刚一松开手，鸭子就摇晃脖子做出吞咽的动作，我吓得大哭了起来，被传为话柄。这都是我小时候的闲情。

园艺

等到长大了，我爱花成癖，喜欢剪裁盆树。认识张兰坡后，才开始精通剪枝养茎的方法，随后领悟接花叠石的技巧。花以兰花最好，是因为它幽香的韵致，但瓣品略微可以记入花谱的不可多得。兰坡临终时，送我一盆荷瓣素心春兰，都是肩平心阔，茎细瓣净，是可以记入花谱的，我像珍惜玉璧一样珍爱它。恰逢我离乡当幕友，芸能亲自为花灌溉，花叶十分茂盛。没过两年，一天突然枯萎而死，挖起花根观察，都白得像玉，并

且兰花的幼芽生机勃勃。我们一开始不能理解，以为自己无福消受，长叹罢了。事后才知道有人想分种一盆，我没答应，所以那人用开水浇死了兰花。从此我发誓不再种兰花。

其次选杜鹃，虽然没有香味，但是它的花色美丽，可以长久玩赏，而且容易剪裁。因为芸怜惜枝叶，不忍心畅快地修剪，因此难以成树。其他盆栽也是这样。

只有每年东篱下的菊花绽放时，方能满足我秋天赏花的癖好。我喜欢摘菊花插在瓶子里，不喜欢盆景。不是盆景不能够观赏，是因为家里没有花圃，不能自己种植，市场上卖的，都丛杂无致，因此不选取。

插花的数量宜单不宜双。每瓶选一种颜色，不选两种颜色。瓶口应选大的，不选小的，大的瓶口舒展不拘束。从五朵七朵花到三四十朵花，一定要在瓶口一起盛开。以不散漫、不挤轧、不靠瓶口为妙，这就叫“起把宜紧”。有的亭亭玉立，有的飞舞横斜。花朵要参差错落，以花蕊间隔，以免喧闹浮夸无章法。叶子不能乱，梗不能僵直；用的针应当隐藏，针长宁可截断，也不要让针暴露在梗外，这就叫作“瓶口宜清”。比照桌子的大小，一桌三瓶到七瓶就可以了，多了就眉目不分，就像街市上的菊屏了。案几的高低，从三四寸到二尺五六寸即可，一定要错落参差，互相照应，以气势相互联络为上。如果中间高两边低，后面高前面低，成排成队，又犯了所说的“锦灰堆”了。花瓶里花朵的疏密，案几的进出，这些全要靠插花者领悟到插花布局里的画意才行。

如果用盆、碗、盘、洗等器皿，用漂青、松香、榆皮、面和油，先用稻灰熬制成胶。把铜片按上钉子向上放置，将膏用火融化，在盘、碗、盆、洗的中间粘上铜片。等待冷却，把花用铁丝扎成一把，插在钉子上，应当稍微斜一些，不能居中，更宜枝疏叶清，不可拥挤。然后加水，用少许碗沙盖住铜片，让观赏的人以为花丛从碗底生出才妙。

如果用木本花果插瓶，裁剪的方法（不能样样都自己寻找，请人攀折的，每每不合心意），一定要先拿在手中，横着斜着观察它的样子，反着侧着来选取它的形状。看好之后，剪去多余的枝叶，以疏瘦古怪为佳。再考虑花梗怎么插入瓶子里，或折或曲，插入瓶口，这才能免去背看是叶侧看是花的毛病。若一枝花在手中，先限定直的花梗插在瓶中，一定会显得枝乱梗强，侧面是花，背面是叶子，既难以选取它的形态，更别说有什么韵致了。

折梗打曲的方法，锯掉花梗的一半，嵌以砖石，那么直梗就会弯曲了。若怕梗倒下，

敲一两根钉子来束住它。枫叶竹枝，乱草荆棘，都可以入选。或者选一竿绿竹，用数粒枸杞、几茎细草搭配，再加两枝荆棘，如果位置得当，会另有一番世外之趣。若是新栽的花木，不妨选取它们歪斜的样子，任凭它的叶子长在一旁，一年之后枝叶自然能往上生长，若每一树花木都是直直栽种，就很难得到想要的样子了。

至于剪裁盆栽，先取树根像鸡爪形状的，从左向右剪成三节，然后起枝。一枝一节，七枝到顶，或者九枝到顶。树枝忌讳像肩臂一样对节，枝节忌讳臃肿如鹤膝。一定要盘旋出枝节，不能只留左右，以避免赤胸露背的缺点，又不能前后直出枝节。有叫“双起”“三起”的，说的是一根枝节长出两三棵树。如果树根没有鸡爪的形状，便成了直接插树，所以不选取。然而一树盆栽的剪成，至少要三四十年。我平生只见到我同乡万彩章，一辈子剪成数棵树。我又在扬州商家见到有虞山的游客送黄杨、翠柏各一盆，可惜明珠暗投，我看不出有什么适宜的地方。如果留枝盘起像宝塔，扎枝弯曲如蚯蚓，便成匠气了。

点缀盆中的花石，小景可以入画，大景可以入神。一杯清茶，神思能进入里面，这样的盆景才可以在寂静幽雅的书斋里赏玩。

种水仙没有灵璧石，我曾用有石意的炭来代替它。黄芽菜心，白得像玉一样，选取大小五到七枝，用沙土埋在长方的盘子里，以炭代石，黑白分明，十分有意思。以此类推，幽趣无穷，难以一一列举。比如石菖蒲的种子，用冷米汤搅在一起喷在炭上，放置在阴湿的地方，能长出细菖蒲。随意地移养在盆碗中，茸茸的很可爱。把老莲子的两头磨薄，放到蛋壳里面，让鸡遮护它。等到幼芽长成就拿出来，用多年的燕巢泥加上天门冬的十分之二，捣烂拌匀，种在小器具中。用河水浇灌，晨光晾晒，开花大得像酒杯，叶子缩小如碗口，亭亭可爱。

至于园亭楼阁，套室回廊，叠石成山，栽花取势，又在大中见小，小中见大，虚中有实，实中有虚，或藏或露，或浅或深。不仅在“周回曲折”四字，也不在地广石多，徒费了工夫和财力。或者掘地堆土成山，以块石相间，以花草混杂，用梅编篱，以藤引墙，那么没有山也就成了山。大中见小的，散漫处种植容易生长的竹子，编制容易茂盛的梅花来遮挡它。小中见大的，狭窄的院墙应当凹陷下去来凸显它的形状，用绿色装饰，用藤蔓牵引。嵌入大的石头，凿字作碑记形，推开窗像靠近石壁一样，便觉峻峭无穷。虚中有实的，或在山穷水尽的地方，一转弯便豁然开朗；或在轩阁设厨的地方，一开门

便通往别的院子。实中有虚的，开门不通往别的院子，以竹石点映，如有实无；在墙头设矮栏，就像上方有月台，而实际上没有。

贫士屋少人多，可以仿效我家乡的太平船后梢的位置，再加以改变。用台级作床，前后借凑，可作三张床；用木板间隔，裱上纸，那么前后上下都隔断了，就像走长路一样，也就不觉得窄小了。

我们夫妇寄居在扬州时，曾经仿效这种方法。房屋仅有两间，上下的卧房、厨灶、客座都隔断了，屋子显得很宽裕。芸曾经笑着说："位置虽精，但终究不是富贵人家的气象。"确实这样吗？

我在山中扫墓时，捡到一些有山形纹理可以观赏的石头，回家和芸商量说："用油灰叠上宣州石在白石盆中，是因为它们颜色匀称。本地山上的黄石头虽然古朴，也用油灰，那么就黄白相间了，斧凿的痕迹毕露，怎么办呢？"芸说："选那些顽劣的石头，捣成粉末在有灰痕的地方，趁着湿的时候抹上去，变干了或许颜色会一样。"就像她说的。用宜兴窑的长方盆叠起一峦山峰：向左偏斜，向右凸显，背部做横方纹，像倪瓒画山石的方法，陡峭的岩石凹凸不平，就像临江岩石的样子。空下一角，用河泥种千瓣白萍，石头上种茑萝，俗称云松。经营好几天才完成。到了深秋，茑萝蔓延满山，像藤萝悬挂在石壁上，花开的是正红色，白萍也露出水面盛放，红白相间。神游其中，就像登上蓬莱仙岛一般。放置在屋檐下，和芸品评：这个地方可以设立水阁，这个地方应当建茅亭，这个地方适合凿六个字叫“落花流水之间”；这里可以居住，这里可以垂钓，这里可以远眺。胸中的丘壑，好像将要移居到这个地方一样。一天傍晚，猫猫之间争吃的，从屋檐上掉落，连带着盆和架子一下子摔碎了。我叹息说：“即便是这么小的经营，也冒犯了造物的忌讳吗？”两人不禁落泪了。

焚香

静室焚香，是闲暇中的雅趣。芸曾经把沉速等香，在饭锅上蒸透，在炉上安一个铜丝架，离火大约一寸，慢慢地烘烧，它的香味幽韵，却没有烟。佛手忌讳醉酒的鼻子闻，闻了就容易腐烂；木瓜忌讳出汗，出了汗，用水洗它；只有香橼没有什么忌讳。佛手、

木瓜也有供养的方法，不能用文字表达。每当有人将供放安妥的东西随手取嗅，随手放置，这就是不知道供养的方法。

我闲居的时候，案头的瓶花没有断过。芸说：“你插花，能安排风晴雨露，可以说精妙入神了。画中有草虫的画法，为什么不仿效它呢？”我说：“虫子动弹不受控制，怎么能仿效？”芸说：“有一个方法，但担心做了坏事是罪过。”我说：“试着说出来。”芸说：“虫死的时候颜色没有改变，寻找螳螂、蝉、蝶这一类的虫，用针刺死，用细丝套住虫的脖子系在花草之间，整理虫子的脚，或者让它们抱着花梗，或者踩着叶子，宛如活的一样，不也是很好吗？”我很开心，按照她的方法做了，见到的人没有不说绝妙的。求问闺中的人，现在恐怕没有像芸这样情意相合的人了。

活花屏

我和芸寄居在无锡华氏家里，那时候华夫人让两个女儿跟随芸认字。乡居的院子空旷，夏天太阳很晒人。芸教华家做活花屏的方法，非常巧妙。每个花屏一扇，用两枝木梢，长度大约四五寸，作矮条凳的样式，中间空着，横四挡，宽约一尺，四角凿上圆眼，插上竹编的方眼。花屏高约六七

尺，用砂盆种扁豆放置在花屏中，盘延花屏上，两人可移动。多编几个花屏，随意遮拦，恍然像绿荫铺满窗户，可以通风遮阳。回旋曲折，随时可以更改，所以叫“活花屏”。有这样的方法，那么一切藤本香草就随地可以利用。这个确实是乡村居住的好方法。

诗酒风流

我的朋友鲁半舫，名璋，字春山，擅长画松柏和梅菊，长于隶书，同时还善于篆刻。我寄居他家的萧爽楼有一年半。楼一共五间，面向东，我住其中的三间。白天晚上刮风下雨，可以远眺。院中有一棵桂花树，清香袭人。有外墙有厢房，地势十分幽静。

移居的时候，有一个仆人一个老妪，一齐带着他们的小女儿来。仆人能做衣服，老妪能纺织，于是芸绣花，老妪纺织，仆人就制成衣服，来作为日常的费用。我素来好客，喝酒时一定要行酒令。芸善于不费钱的烹煮，瓜蔬鱼虾，一经过芸的手，便有意外的味道。

朋友知道我贫寒，每次都出钱买酒，畅谈终日。我又喜欢干净，地上纤尘不染，而且没有什么拘束，也不介意放纵。

当时有杨补凡，名昌绪，擅长人物写真；袁少迂，名沛，长于山水；王星澜，名岩，擅长花卉翎毛。他们喜欢萧爽楼的幽静雅致，都带着画具前来。我就跟着他们学习绘画，描摹草篆，镌刻图章，又把润笔交给芸准备茶酒款待客人，整日品诗论画。

还有夏淡安、揖山两兄弟和缪山音、知白两兄弟，加上蒋韵香、陆橘香、周啸霞、郭小愚、华杏帆、张闲酣等人，像梁上的燕子，自去自来。芸就卖掉首饰换酒，不动声色，良辰美景，不放任它随便地度过。现在我们则天各一方，风流云散，再加上玉碎香埋，这些事都不堪回首了！

萧爽楼有四忌：谈论官宦升迁、官署时事、八股时文、看牌掷色。如果触犯了一定罚酒五斤。有四取：慷慨豪爽、风流蕴藉、落拓不羁、澄静缄默。漫长的夏日没什么事情，以对联集句为戏会，每会有八个人，每人带着两百铜钱，先抓阄，抓到第一的是主考官，主考官坐在别的座位；抓到第二的人誊录，也在座位上；其余的人做举子，各自在誊录的地方拿一张纸，盖上印章。主考官出题五言、七言各写一句，刻香作为时限，走着站着构思，不准交头接耳，对完后投到一个匣子里，才能入座。各人交卷完毕，誊录的人开启匣子，都录在一个册子里，再交给主考官，以防止舞弊。十六个对句中选取三联七言，三联五言。六联中取得第一的，就是下一任的主考官，第二的是誊录的人。如果有人两联都没有取得成绩，就罚二十文钱；选取一联的，少罚十文钱；超过时间限制的，加倍罚钱。一场完毕，主考官能得到上百文香钱。一天下来有十场，积攒的钱能达上千文，喝酒的资金足够了。只有芸享受特殊待遇，可以坐着构思。

杨补凡为我们夫妇画了一幅载花小影，神情确实像。这天夜里，月色十分美好，兰花的影子映上粉墙，别有一番幽静韵致。星澜醉后诗兴大发说："补凡能为你画肖像，我能给花画影子。"我笑着说："花影能和人影一样吗？"星澜选取一张白纸铺在墙上，随即就着兰花的影子，通过调节墨的浓淡作画。白天拿出来看，虽然不成一幅画，但是花叶萧疏，自有一种月下的趣味。芸非常珍视它，各人在画上也有题咏。

苏州城有南园、北园两个地方，菜花变黄的时候，苦于没有酒家能小饮一杯。带着饭盒去，对着花喝冷酒，特别没有意思。有人说就近找一个饮酒的地方，有人说看完花回家再喝酒，终究不如对着花喝热酒痛快。众人的议论没有结果。芸笑着说："明日你们只要各自出买酒的钱，我自会带着炉火前来。"众人笑着说："好。"

众人离开了。我问她："你果真要自己担着炉火去吗？"芸说："不是这样。我见到集市上有卖馄饨的，他的担子上锅、灶齐备，为什么不雇一个去呢？我事先烹调收拾好，到那个地方再一下锅，茶和酒都方便了。"我说："酒和菜已经方便了，缺少煮茶的器具。"芸说："带一个砂罐去，用铁叉串着罐柄，把锅拿开，悬挂在可以移动的炉灶的中间，加上柴火煎茶，不也是很方便吗？”我拍手叫好。

街头有个姓鲍的人，以卖馄饨为职业，我们用一百钱雇他来担着炉火和砂罐等，约定在第二天午后，他欣然答应了。

第二天，看花的人到了，我把前因后果都告诉他们，众人都赞叹佩服。午饭后一同前去，并带着席垫。到了南园，找个柳荫下围成团坐着。先煮茶，喝完，然后暖酒烧菜。这时，风和日丽，遍地金黄，青衫红袖，越阡度陌，蜂蝶乱飞，让人不喝酒就醉了。不一会儿酒菜都熟了，坐在地上大吃。挑担的人不是个俗人，拉着他和我们同饮。游人见到了，没有不羡慕这种奇思妙想的。杯盘狼藉，大家都很愉快，有的坐着有的躺着，有的唱歌有的打口哨。晚霞将要落下来，我想吃粥，挑担的人立即为我买米煮粥，吃饱了回来。芸说：“今天的游玩快乐吗？”众人说：“没有夫人的力量达不到这样。”大笑着分开了。

生活艺术

贫寒士人的起居穿衣吃饭，以及器皿房屋，应当省俭并雅洁，省俭的方法叫“就事论事”。我喜欢少量饮酒，不喜欢吃很多的菜。芸为我购置了一个梅花盒：用二寸白磁深碟六只，中间放一只，外面放五只，用灰漆染好，它的形状像梅花，底部和盖子都有凹楞，盖子的上面有像花蒂一样的手柄。放在案头，就像一朵墨色的梅花覆盖在桌子上；打开盖子看，就像菜装在花瓣上一样。一个盒子里有六种颜色，二三知己好友可以随意取食，吃完再添。另做了一只矮边圆盘，便于放置杯子、筷子、酒壶之类的，随处可以摆放，收拾起来也方便，这就是食物节俭的一个例子。我的小帽领袜都是芸自己做的。衣服破了，移东补西，一定要整齐干净，衣服颜色要暗淡一些，以免有脏污的痕迹，这样既可以出外做客，又可以日常穿着。这又是服饰节俭的一个例子。

一开始到萧爽楼时，不满意它太暗，用白纸糊在墙上，于是就亮了。夏天，楼下去掉了窗户，没有栏杆，觉得空洞没有遮蔽的东西。芸说："有旧的竹帘在，为什么不用竹帘代替栏杆呢？"我说："怎么做？"芸说："用几根竹子，染成黑色，一竖一横，留出来走路，隔断半截竹帘搭在横的竹子上，垂落到地面，与桌子平高，中间竖四根短竹子，用麻线捆扎固定，然后在横竹搭帘的地方，找旧的黑布条，连着横竹裹起来缝上。这样既可以遮拦装饰外表，又不耗费钱财。"这就是"就事论事"的一种方法。以此类推，古人所说的竹头木屑皆有用，确实是这样的。

夏天，荷花初开的时候，晚上含苞，早晨开放。芸用小纱囊装少许的茶叶，放在荷花花心，第二天一早拿出来，煮雨水泡茶叶，香韵绝妙。

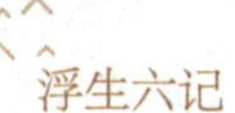

卷三　坎坷记愁

人生的坎坷，是为什么呢？往往都是自己作孽罢了。我却不是这样！我多情重诺，爽直不羁，反而被它们连累。况且我的父亲稼夫公慷慨豪侠，急人之难，成人之事，嫁人之女，养人之儿，指头数不过来，挥金如土，大多都是为了别人。我们夫妇住在家里时，偶尔急需用钱，免不了典押来换钱。开始是移东补西，随后就财力不足了。谚语说："处家人情，非钱不行。"一开始引起小人的议论，后来逐渐招致家人的讥笑。"女子无才便是德"，真是千百年来的至理名言啊！

我虽然是长子但是排行第三，所以上下都称呼芸为"三娘"。后来突然称呼"三太太"，开始是开玩笑叫的，接着就成了习惯，甚至不论长辈晚辈，都称呼芸为"三太太"，这是家庭变故的先兆吗？

家庭不和

乾隆乙巳年（1785），我在海宁官舍跟随侍奉父亲。芸在给我的家书中附寄一封短笺。我的父亲说："媳妇既然能写字，那你母亲的家信就交给她负责了。"后来家中偶然有闲言，我的母亲怀疑芸陈述事情不当，就不让芸代笔。父亲看到信不是芸写的，问我说："你的媳妇生病了吗？"我就写了一封信问芸，她也不回信。时间长了，我的父亲生气说："想来是你的媳妇不屑于代笔。"等到我回家时，探知了事情的经过，想要为芸委婉辩解，芸着急阻止我说："宁可被公公指责，也不要失去婆婆的欢心。"竟然没有为自己辩白。

乾隆庚戌年（1790）春，我又随侍父亲到邗江幕中。有个叫俞孚亭的同事，带着家眷居住在此。我的父亲对孚亭说："一生辛苦，常常外出，想找一个能服侍起居生活的人却得不到。儿辈如果能体察长辈的心意，应当在家乡寻找一个人，希望口音相通。"孚亭将这件事转述给我。我写了一封密信给芸，请芸做媒物色挑选，找到姚氏女。芸因为事情是否能成没有确定，就没有立即告诉母亲。姚氏女来，是借口邻居的女儿过来游玩。等到父亲命令我把姚氏女接到官署，芸又听别人的意见，借口说姚氏女是父亲向来合意的人。母亲见到她说："这是来游玩的邻居的女儿，为什么要娶她呢?"芸于是一并失去了婆婆的欢心。

乾隆壬子年（1792）春天，我住在真州。父亲在邗江生病了，我去看望，也生病了。我的弟弟启堂那时也在这里随侍。芸来信说："弟弟启堂曾经向邻居借贷，请我作保，现在邻居追债很急。"我询问启堂，启堂反认为芸多事。我于是在信纸末尾写道："父亲和儿子都生病了，没有钱可还。等到我弟弟回家时，自行打算。"

很快我们病都好了，我仍然到真州去。芸回信来，父亲拆开看，其中讲到了启堂弟弟借邻居钱的事情，并且说："婆婆以为公公生病是因为姚氏女，等公公的病稍微痊愈了，应当偷偷地嘱咐姚氏女借故说想家，我会让她的父母到扬州接她。这也是我们减轻罪责的办法。"

我的父亲看到信十分生气，问启堂借邻居钱的事情，回答说不知道。于是父亲写信训斥我说："你的媳妇背着你偷偷地借债，谗言诽谤小叔子，况且称自己婆婆为'令堂'，称自己公公叫'老人'，十分悖谬！我已经专门让人拿着信回苏州驱逐她。你如果稍微懂些人情世故，也应当知错！"我接到这封信，就像听到晴天霹雳，立即恭敬回信认罪，寻找一匹快马疾驰回家，担心芸想不开。到家才叙述事情的前因后果，家人就拿着休书来了，遍斥了芸的许多过错，语言十分决绝。

芸哭着说："我本来不该乱说话，但是公公应当原谅我这个妇人不明事理啊。"过了几天，我父亲又有亲笔书信来到，说："我不愿做太过分的事情，你带着媳妇到别的地方

住，不要让我见到，免得我生气就够了。”于是让芸寄居在娘家。但是芸因为母亲亡故，弟弟外出，不愿回去依靠族人。幸好朋友鲁半舫听说这件事后同情我们，邀请我们夫妇去住在他们家的萧爽楼。

过了两年，父亲逐渐知道事情的前因后果，恰好我从岭南回家，父亲亲自到萧爽楼，对芸说：“之前的事情我全都知道了，你们何不回家呢？”我们夫妇很开心，仍旧回到原来的房子，骨肉重新团圆。怎么料想到又有憨园这件祸事呢！

血疾发作

芸向来有血疾。这是她弟弟克昌外出不回，母亲金氏又因想念儿子而病死，她过于悲伤所导致的病。自从她认识憨园，一年多没有复发，我正庆幸芸得到了良药，可是憨园被有权势的人夺走，用千金作为聘礼，且许诺供养她的母亲。佳人已经被权贵夺取了！我知道这件事但没敢说。

等到芸去探望才知道，回家哭着对我说："一开始没想到憨园竟然这样薄情。"我说："你自己是情痴，这种人有什么情分呢？况且锦衣玉食的人，未必能安于贫寒生活。与其后悔，不如没有成功过。"于是再三劝慰她，但是芸始终恼恨自己被愚弄，血疾发作，身体衰弱到离不了床席，药石无效，时发时止，骨瘦形销。没过几年，欠债日益增多，非议一天天地多起来。父母亲又因为芸和憨园结交的事情，对她的憎恶一天多过一天，我就在中间调停，但是已经不是活人的境遇了。

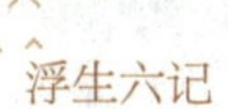

生活日艰

芸生了一个女儿名叫青君，那年十四岁，十分知书达理，并且非常贤惠，抵押发钗典当衣服，多亏青君的操持。儿子叫逢森，那年十二岁，跟随老师读书。

我连续好几年没有幕馆工作，在家门内设了一个书画铺子，三天的收入不够一天的支出，焦劳困苦，时常困顿。寒冬没有裘衣，挺着身子度过；青君也衣服单薄，两腿发抖，还强撑着说“不冷”。因为这样，芸坚决不再看病。偶尔能起床，恰逢朋友周春煦从福郡王幕中回来，请人绣一部《心经》。芸想着绣经能够消灾降福，并且绣制的报酬十分丰厚，竟然绣了。但是春煦行色匆匆，不能长久等待，十天就绣完了。虚弱的人突然劳作，导致增加了腰酸头晕的病。谁知道命薄的人，神佛也不能发慈悲啊！绣完经之后，芸的病更重了，要水要汤，上上下下都厌烦她。有西人在我画铺的左面赁房，以放高利贷为业，时常请我作画，于是认识了。朋友某某，向他借了五十两银子，求我担保；我因为情分难以拒绝，就答应了，而某某竟然带着钱远走他乡。西人就来催问我这个担保人，时常前来饶舌，一开始我用字画作为抵押，慢慢地到了无物可还的境地。

避难

年底，我的父亲在家居住，西人要求还债，在门前咆哮。父亲听见了，召我过来呵责我说：“我们是衣冠之家，怎么会欠这种小人的债务！”

正要分诉时，恰好芸有小时候结拜的姐姐无锡华氏，知道了芸的病，派人过来询问。父亲误以为是憨园派来的，于是更加生气地说：“你媳妇不遵守闺训，和娼妓结盟；你也不思上进，任意地与小人为伍。若置你于死地，情有不忍。姑且宽限你三天，赶快自己想办法解决，迟了一定会向官府告发你的大逆不道。”

芸听说后哭着说：“父亲如此生气，都是我的罪过。如果我死了，你走，你一定于心

不忍；我留下来你离开，你一定舍不得。姑且偷偷叫华家人过来，我强撑着起来问他。”

于是芸让青君扶着到屋外，叫华家派来的人过来问道：“你家主母特地派你过来吗？还是顺路来的呢？”回答说：“主母早就听说夫人卧病在床，本来想亲自来探望，因为从来没有登门，所以不敢轻率。临来的时候嘱咐我说：‘倘若夫人不嫌乡下的房子简陋，不如到乡下调养，践行小时候灯下所说的话。’”大约是和芸一同待字闺中时，有过患病互相扶持的约定。于是嘱咐仆人说：“麻烦你快回去，告诉你的主母，在两天之后偷偷地开船来。”

那人退去后，芸对我说：“华家的结拜姐姐情分超过了骨肉至亲，你如果愿意到她家，不如我们一起去。但是带上孩子同行并不方便，又不能留下他们来连累亲人，一定要在两天内安顿好他们。”

这时有个表兄王荩臣，他有个儿子叫王韫石，希望迎娶青君做媳妇。芸说：“听说王家那孩子懦弱无能，不过是个守成的儿子，但王家又没有家业可守。幸好他们是诗礼之家，且王郎又是独子，可以答应他们。”我对王荩臣说：“我的父亲和你有甥舅之亲，想

娶青君做你的儿媳，想来我父亲不会不答应。但是等到长大再嫁人，情势看来是不行了。我们夫妇往无锡去后，你立刻禀告我的父亲，先把青君作为你家的童养媳，怎么样？”王荩臣高兴地说：“都听你的。”儿子逢森也托付给朋友夏揖山，转而推荐他学习做买卖。

安顿妥当，华家的船恰好也到了。这个时候是嘉庆五年（1800）腊月二十五。芸说：“孑然出门，不但招致邻居的讥笑，而且西人的欠款还没有着落，恐怕也不会放我们走，一定要在明天五更时悄悄离开。”我说：“你生病能抵挡早晨的寒气吗？”芸说：“死生有命，不要多考虑了。”秘密地告诉了父亲，他也认为这样可以。

这天夜里，先把半肩行李挑到船上，让逢森先睡下了。青君在母亲的旁边哭泣，芸叮嘱她说：“你的母亲命苦，同时也是个情痴，所以遭逢这样的颠沛流离。幸好你的父亲待我情深，这一去你不要有其他顾虑。两三年之内，一定会安排重聚。你到夫家，一定要尽妇道，不要像你的母亲。你的公公婆婆把得到你作为幸事，一定会好好待你。我留下的箱笼什物，都交给你带去。你的弟弟年纪小，所以没让他知道，临走的时候借口说是去看医生，几天就回来。等我走远了，你就告诉他其中缘由，把这些禀告你祖父就可以了。”旁边有从前的老妪，就是前卷中曾经赁她的家给我们消暑的人，愿意送我们到乡下，所以这时陪侍在一旁，不断地擦眼泪。将近五更的时候，热了粥一起喝了。芸强颜欢笑说：“从前一碗粥相聚，现在一碗粥离散，如果写小说，可以叫《吃粥记》了。”逢森听到声音也起来，哼哼地说：“母亲要做什么？”芸说：“要出门看医生。”逢森说：“为什么起这么早？”回答说：“路远。你和姐姐相安在家，不要讨祖母嫌弃。我和你父亲一起去，几天就回来了。”鸡鸣三声，芸含泪扶着老妪，开启后门将要出去。逢森突然大哭说：“啊！我的母亲不会回来了！”青君担心惊醒了别人，急忙掩住他的嘴安慰他。这时候，我们夫妇肝肠寸断，不能再说一句话，只能用“别哭”劝止罢了。

青君关门后，芸走出巷子大约十几步，已经疲累得不能再走了，让老妪提着灯，我背着她走。将到船上时，差点被巡逻的人捉拿。幸好老妪说芸是她生病的女儿，我是女婿，并且舟子都是华家的工人，听到声音过来接应，相扶着下到船上。解开缆绳，芸才开始放声痛哭。这次离开，他们母子已经是永别了。

华夫人丈夫叫华大成，住在无锡东面的高山，面山而居，以耕田为业，为人极其淳朴。他的妻子夏氏，就是芸结拜的姐姐。这天下午一点，才抵达他们家。华夫人已经靠着门等着了，带着两个小女儿到船上，相见甚欢。扶着芸上岸，殷勤款待。四周邻居妇人、小孩子哄然进入室内，将芸围起来，有问询的，有怜惜的，交头接耳，满室的声音。芸对华夫人说："今天真像渔夫进入桃花源了。"华夫人说："妹妹不要笑话，乡下人少见多怪罢了。"从此平安地度日。

艰辛讨债

到了元宵，仅仅隔了两旬，芸逐渐能起身走路了。这天夜里在打麦场观赏龙灯，神情态度，逐渐恢复到原来的样子了。我才心安下来。与她私下商议说："我住在这里并非长久之计，想要去别处，但是缺钱，怎么办呢？"芸说："我也在谋划这件事。你姐姐的丈夫范惠来现在在靖江盐公堂担任会计，十年前曾经借你十两银子，当时恰好数目不够，我典当发钗凑的，你记得吗？"我说："已经忘了。"芸说："听说靖江离这个地方不远，你为什么不去呢？"我听了芸的话。

当时天气很暖和，穿织绒袍、哔叽短褂还觉得热，这个时候是嘉庆六年（1801）辛酉正月十六。这天夜里，我住在锡山旅店，租赁被子睡觉。早晨起来，搭乘江阴的航船，一路逆风，接着下起小雨，夜里到达江阴的江口。春寒彻骨，买酒来御寒，钱财几乎耗尽了。犹豫了整夜，准备脱下衬衣当些钱来渡江。

正月十九那天，北风更加猛烈，雪下得还很大，忍不住悲伤地流下眼泪。暗中计算房资渡费，不敢再喝酒了。正在心寒腿抖的时候，突然看到一个老翁，穿着草鞋戴着毡笠，背着黄包进入店里，用眼睛打量我，好像是认识的人。我说：“您莫不是泰州姓曹的那一位？”他回答说：“是的。如果没有您，我就死在山沟中了！如今我的女儿安然无恙，时常念着您的恩德。没想到今天见到了，为何在此地停留？”原来我在泰州做幕僚时，有一个姓曹的人，出身微贱，他有一个女儿很有姿色，已经许配了夫家，却被有权势的人借放债谋夺他的女儿，以至于打起官司。我从中调解保护，他的女儿仍然归给许配的人家。曹随即投奔官府做了官差，向我磕头答谢，所以认识了。我告诉他我是因为投奔亲戚遇到雪天的缘故。曹说：“明天天晴，我定当顺路送您。”出钱买了酒，款待极其周到。

正月二十，晨钟声刚敲响时，就听到江口呼喊渡河的声音，我被惊起，叫上曹一同渡船。曹说：“不要急，应该吃饱再上船。”于是替我付了房费饭钱，拉着我出去买酒。我因为连日逗留，着急赶着渡河，吃不下饭，勉强吃了两个麻饼。等到上船时，江风像箭一样，使我四肢颤抖。曹说：“听说江阴有人在靖这个地方上吊自杀，他的妻子雇了这条船去，一定要等雇船的人过来才开船。”饿着肚子忍受寒冷，中午才解缆出发。到了靖的时候，傍晚的烟雾都已经布满天空了。

曹说："靖有两处公堂，你要拜访的人是城内的还是城外的?"我踉跄跟在他后面，一边走一边对他说："确实不知道在城内还是城外。"曹说："既然这样那就先住一夜，明天再去拜访好了。"进入旅店，鞋袜已经被淤泥湿透了。要了火烘干它们，仓促地吃了点饭，累到极点所以睡得很沉。早晨起来，袜子烧掉了一半，曹又替我付了房费饭钱。

问路到城中，惠来还没有起床。听到我来了，披着衣服出来，见到我的样子惊讶地说："小舅子怎么狼狈到这种境地?"我说："暂且不要问了，有银钱请借给我二两，先遣返送我来的人。"惠来把二圆番银给我，我立刻送给曹。曹极力推却，接受了一圆离开了。

我于是遍述我的遭遇，并且表明了来意。惠来说："小舅子是我的至亲，即便以前没有欠你的钱，也应竭尽我的绵薄之力。无奈我航海的盐船刚刚被偷，正当清查账目的时候，不能给你太多，我会尽力筹集二十圆番银来偿还欠你的旧账，怎么样?"我本来就没抱希望，于是答应了。

留下来住了两天，天气已经晴暖，就准备回去。

正月二十五，仍回到华家。芸说："你遇到雪了吗?"我告诉她我经历的苦境。于是她悲伤地说："下雪时，我以为你已经抵靖，没想到竟然还逗留在江口。幸好遇到曹老，绝处逢生，也可以说是吉人天相了。"过了几天，得到青君的信，知道逢森已经被揖山引荐到店里。王荩臣向我的父亲请求，选择正月二十四把青君接过去。儿女之事草草了结，但是分离到这样的地步，让人始终感觉悲惨伤痛。

失业

二月初，风和日暖。因为有靖江的款项，我简单地准备了行装，到邗江盐署拜访老朋友胡肯堂。有贡局的诸位主管共同推荐我进入贡局，代办掌管文书，身心稍稍安定下来。

到了第二年八月，接到芸的信说："我的病痊愈了，只是吃住在非亲非友的人家，终究不是长久之计，我也想来邗江，看一下平山的美景。"于是我在邗江先春门外租了个房子，靠近河的两间。我到了华氏家里，接芸一起走。华夫人送我们一个年幼男仆叫阿双，帮忙管烧火做饭，并约定了以后结为邻居。这时已是十月，平山凄凉阴冷，盼望春游。满心希望芸能散心调养护理好，然后再慢慢计划骨肉团圆。不到一个月，贡局的主事官员突然裁员十五人，我属于朋友的朋友，于是也被裁了。芸开始还想尽办法替我筹划，强颜欢笑安慰我，不曾有一点点怨言。

到嘉庆八年（1803）仲春，芸血疾复发。我想要再去靖江，求人帮忙。芸说："求亲不如求友。"我说："话虽这样说，好友虽然关系密切，可是现在都在家闲居，自顾不暇。"芸说："幸好天气已暖，前去的路途不用担心下雪，希望你速去速回，不要以我这个病人为念。倘若你身体不好，我的罪过就更重了。"

艰辛讨债（二）

那个时候钱财已经不能接续了，我假装雇了骡子来安芸的心，实际上是带着饼走着去，一边吃一边走。向东南，两次渡过叉河，大约八九十里，四面望去没有村落。到了夜里一更左右，只见漠漠的黄沙，闪闪的星星，看到一个土地祠，高约五尺，矮墙环绕着，种了两棵柏树。于是向神明磕头，祷告说："苏州沈某，投奔亲戚迷路到这个地方，想要借神祠住一夜，希望神明怜悯保佑。"于是把小石香炉移到旁边，用身体探试，里面只能容下半个身子。反戴风帽遮住脸，半个身体坐在其中，膝盖伸到外面，闭上眼睛静静地听，只有萧萧的微风。双脚疲惫神思倦怠，昏昏沉沉地睡着了。

等到醒来，天已经亮了。短墙外突然有走路说话的声音，急忙出来查看，原来是当地人赶集经过这里，向他们问路，说："向南走十里就是泰兴县城，穿过县城向东南，十

里一个土墩，过了八个土墩就是靖江，都是大路。”我于是返回，把香炉移到原来的位置，磕头答谢才走。经过泰兴，就有小车可以捎带我。下午申时抵达靖江，递上名帖。过了很久，守门人说：“范爷因为公事已经往常州去了。”观察他的言辞神色，好像是在推托。我追问说：“哪天能回来？”守门人说：“不知道。”我说：“即使是一年我也会等他。”守门人知道了我的意思，私下问我说：“你与范爷是嫡亲的郎舅吗？”我说：“如果不是嫡亲，就不等他回来了。”守门人说：“你暂且等一等。”过了三天，就告诉我范爷回到靖江了，总共弄到二十五两银子。

芸娘之死

雇上骡子匆忙回来。看到芸的脸色惨白，咻咻地哭泣。看到我回来了突然说：“你知道昨天中午阿双偷了东西逃跑吗？请人大肆寻找，现在还没有消息。失去财物是小事，这个人是他母亲临行前再三交托我的，现在如果逃回去，中间有大江阻隔，已然觉得担心了。倘若他的父母把儿子藏起来敲诈我们，那怎么办呢？而且又有什么脸面见我结拜的姐姐？”我说：“请不要着急，你担忧过深了。把儿子藏起来敲诈，是敲诈有钱人，我们夫妇俩肩担一口，况且带他过来半年，给他衣服分他吃的，从来没有丝毫责骂，邻居们都知道。这实在是小奴丧尽天良，趁着我们危难偷东西逃跑了。华家姐姐送来行为不端的人，应该是她没有脸面见你，你为什么反过来说没有脸面见她呢？现在应当同时呈报官府立案，以绝后患就可以了。”芸听了我的话，心情似乎稍解。然而从此之后说梦话，时常叫喊“阿双逃矣”，或者喊“憨何负我”，病情一天天地加重了。

我想请医生诊治，芸阻止说：“我生病一开始是因为弟弟离家母亲去世，悲痛太过了引起的；接着是因为情感，再后来是由于忿激；而平时又考虑过多，满心期望努力做一个好媳妇却不能做到，以致头晕、怔忡等症状都有了。所谓病入膏肓，良医束手，请不要做徒劳的花费了。回想我们夫唱妇随二十三年，承蒙你的爱护，百般体恤，不因我的顽劣而抛弃我。知己如你，得夫如此，我这辈子没有什么遗憾了。如果能够吃饱穿暖，满屋的人和谐融洽，闲适地游览泉石，像沧浪亭、萧爽楼的情境，真的成了烟火神仙了。神仙要几辈子才能修到，我们又是什么人，怎么敢奢望神仙呢？强行求取，致使触犯了造物者的忌讳，就有了情魔的困扰。总是因为你太多情，我命不好啊！”

于是又呜咽着说：“人生百年，终归一死。现在中途离开你，忽然永别，不能终生做你妻子，看着逢森娶妻，我心里确实觉得不安。”说完，眼泪像豆子一样落下。我勉强安慰她说：“你病了八年，几次精神萎靡像要永别一样，今天为何突然说肝肠寸断的话呢？”芸说：“连续几天梦到我父母开船来接我，闭上眼睛就觉得飘然上下，就像走在云雾之中，大概是魂魄离开而躯壳尚存吧？”我说：“这是神不守舍，用补养的药剂冲服下去，静心调养，自然就能痊愈了。”

芸又唏嘘说：“我如果还有一线生机，一定不会说惊吓你的话。现在死期已经临近了，如果不说，就没有机会了。你之所以不能得到父母的欢心，流离颠沛，都是由于我的缘故。我死了，父母亲的欢心自然就能挽回了，你也可以免除牵挂。公公婆婆年岁大了，我死了，你要早些回家。如果没有办法带着我的骸骨回家，不妨暂且停柩在这个地

方，等你以后过来也可以。希望你另娶德容兼备的人，来侍奉父母，抚养我的孩子，我死也可以瞑目了。”说到这里，痛肠欲裂，不觉悲痛大哭。我说：“你假如真的中途离我而去，我断然没有再娶的道理，更何况‘曾经沧海难为水，除却巫山不是云’。”

芸于是握着我的手想再说几句话，只是断断续续重复“来世”二字，突发喘息，闭口不说话，两只眼睛瞪着，任我千呼万唤，但她已经不能说话了。两行痛泪，流落不停。不久喘息逐渐变小，泪水渐渐变干，一缕灵魂缥缈，竟然长辞于世！这是嘉庆癸亥三月三十（1803年5月20日）。这个时候，只有一盏孤灯，举目无亲，赤手空拳，寸心欲碎，此恨绵绵，何时有尽头！

承蒙我的朋友胡省堂用十两银子帮助我，我把房间所有的东西变卖一空，亲自为芸入殓。呜呼！芸一介女流之辈，却有男子的襟怀才识。到我们家，我每天为衣食而奔走，缺少钱财，芸竟能丝毫不介意。等我在家居住的时候，只是一起谈诗论文。最终她疾病颠连，含恨而死。谁造成的呢？我辜负了闺中良友，又哪能说得完呢？奉劝世间夫妻，本不可彼此成为仇人，也不要感情过于深厚。俗话说“恩爱夫妻不到头”，像我这样的人，可以作为前车之鉴！

回魂的日子，俗传那一天魂魄一定会随煞回家。所以房中的摆设一概要和生前一样，并且必须在床上铺着生前的旧衣服，在床下放置旧鞋子，来等待魂魄回家观看，吴下相传称之为“收眼光”。请道士作法，先召唤到床上之后送走，称作“接眚”。邗江风俗，在死者的房间摆设酒饭，全家人都出去，称作“避眚”。所以也有因为回避被盗窃的事情。

芸娘的眚期，房东因为住在一起所以出门回避，邻居叮嘱我也摆设饭菜远远地回避。我希望芸的魂魄回来能见一见，暂且随口答应了。同乡张禹门建议我说：“遇到邪祟之事，很容易被熏染，应该相信它存在，不要尝试。”我说：“之所以不回避却等待，正因相信它存在。”张说：“回煞犯凶神，对活着的人不好。你的夫人即使魂魄归来，已经阴阳相隔，我担心你想见的没有形状能够接触，应该躲避的却冲撞了它。”我仍然痴心不改，固执地回答：“死生有命。你要确实关心我，陪着我怎么样？”张说：“我会在门外守着。你看见什么异常，一喊我立刻进来。”

我于是点起灯进入室内，看到铺设像以前一样，可是芸的音容已经不见，不禁伤心落泪。又怕泪眼模糊失去我想见到的，于是忍着眼泪睁开眼睛，坐在床上等待。抚摸着她留下的旧衣服，香泽犹存，不觉肝肠寸断，昏昏睡去。转念一想，我是为等待魂魄而来，为什么匆忙睡着了呢？张开双眼，观望四周，看到席上双烛青焰荧荧，烛光缩小如豆，毛骨悚然，全身寒栗。于是摩着双手擦拭额头，仔细地看，双烛的火焰渐渐起来，升高到一尺左右，纸裱顶格几乎被烧着了。

我正要借着光四下环顾，光芒忽然又缩小得像之前一样。此时，我心跳如舂，双腿战栗，想要叫守门的人进来观看，可是转念一想柔魂弱魄，恐怕被阳气太盛所逼，所以轻唤芸的名字为她祝祷，满室寂静，一无所见。不久烛焰重新明亮，不再升腾起来了。出来告诉张禹门，他佩服我胆大，不知道我实际上是一时情痴罢了。

芸去世后，想到林逋"妻梅子鹤"的话，我自号"梅逸"。暂且将芸安葬在扬州西门外的金桂山，俗称郝家宝塔。买了一棺的墓地，听从芸的遗言将她暂寄在这里。带着芸的木制牌位回家，我的母亲也为她悲悼。青君、逢森回来，痛哭着穿上丧服。启堂对我说："父亲的怒气还没有平息，哥哥你应当还去扬州，等父亲回来，婉言劝解他，再专门写信叫你回来。"

于是我拜别母亲，告别子女，痛哭一场。又到了扬州，以卖画度日。因为时常在芸的墓地痛哭，影单形只，极其凄凉。偶然经过从前住的地方，伤心惨目。重阳节的那天，相邻的墓冢都是黄色，只有芸的墓冢是青色。守坟的人说："这是个好的墓地，所以风水很好。"我暗中祈祷说："秋风已紧，我身上还穿着单衣，你若有灵，保佑我能谋取一个职位，度过这一年将尽的日子，来等待家乡的信息。"

很快，江都幕客章驭庵先生想回到浙江安葬亲人，请我代做三个月，得以准备御寒的东西。三个月后我停止办公出了官署，张禹门让我住在他家。张禹门也失业了，艰难度日，同我商量，随即把我全部的二十两银子都借给他，并且告诉他说："这个本来是留给亡妻扶柩还乡的钱，一旦等到家乡的回信，还给我就可以了。"这一年，我就住在张禹门这里过年。早晚占卜，家乡的消息十分渺茫。

父亲去世

到了嘉庆甲子年（1804）三月，接到青君的信，知道我的父亲生病。立刻想回到苏州，又担心触碰了旧日的愤恨。正在踌躇观望时，又接到青君的信，才痛悉我的父亲已经辞世了。刺骨痛心，呼天莫及。无暇考虑其他，立即连夜迅速赶回家，在父亲的灵前磕头，哀号流血。

呜呼！我的父亲一生辛苦，在外奔走。生了我这个不肖子，既很少承欢膝下，又没有在床前侍奉喂药，不孝的罪过如何逃避得了呢？我的母亲看到我，哭着说："你为何今天才回来呢？"我说："我能回来，幸好接到了您的孙女青君的信。"我的母亲看着我的弟媳，于是默不作声。

我入幕守灵到第七天，没有一个人把家事告诉我，和我商议丧事。我扪心自问已经缺失了为人子之道，所以也没有脸面询问。一天，突然有向我催债的人登门叫唤。我出门回应说："欠债不还，本来应该催讨。但我的父亲骨肉未寒，趁着丧事追讨，未免太过分了。"其中有一个人私下对我说："我们都是有人让我们过来的，你暂且回避，我们应向让我们来的人索要赔偿。”我说：“我欠的我来偿还，你们快回去吧！”他们一个一个离开了。

我于是叫来启堂，告诉他说：“哥哥我虽然不肖，但并没有作恶多端。如果说因为过继为他人，我也从来没有得过丝毫的财产。此次回家奔丧，只是本着为子之道，难道是为了争夺家产吗？大丈夫贵在自立，我既然一个人回来，也会一个人离开！”说完，返回入幕，不觉大哭。叩别了我的母亲，走的时候告诉青君，这一走将要去往深山，出世寻仙。

青君正劝阻我时，朋友夏南熏（字淡安）、夏逢泰（字揖山）两兄弟寻着踪迹找到我，大声劝我说：“家庭如此，确实足以让人动怒。但是你的父亲虽然去世，可你母亲尚且在世，你妻子虽然去世，但儿子还没有成家立业，你竟然想飘然出世，怎么能安心

啊？”我说：“那又怎么办呢？”淡安说：“委屈你暂住我家。听闻石琢堂状元有告假回乡的消息，何不等他回来然后去拜见他呢？他一定能帮你安排职位。”我说：“丧事还没够百天，你们都有父母在家，担心多有不便。”揖山说：“我们兄弟邀请你，也是我们父亲的意思。你如果坚持认为不方便，西邻有禅寺，方丈僧人与我交情最好，你在禅寺中住下，怎么样？”我答应了。

青君说：“祖父遗留的房产，不少于三四千两银子，既然父亲已经分毫不要了，难道自己的行囊也要舍弃吗？我去取回来，直接送到禅寺父亲住处就可以了。”因此在行囊之外，转得我的父亲所遗数件图书、砚台、笔筒。

寺僧将我安置在大悲阁，阁南向，东边设了一个神像，隔壁西头一间，设了月窗，紧对着佛龛。这里本来是做佛事的人吃斋的地方，我就睡在这里。靠近门有关圣提刀立像，非常威武。院中有一株银杏，可以三人合抱，树荫覆盖了整个大悲阁，夜深人静的时候，风声像怒吼一般。

揖山时常带着酒果来和我饮酒，说：“你一个人独处，夜深睡不着的时候不害怕吗？”我说：“我一生坦荡正直，心中没有污脏的念头，有什么可害怕的呢？”

住了几天，倾盆大雨没日没夜下了三十多天，时常担心银杏树枝断折，压塌房屋。仰赖神明的默默庇佑，竟安然无恙。可外面墙塌屋倒的不可胜数，近处的稻田都被淹没。我就每天和僧人绘画，不看不听。

七月初，天气放晴。揖山的父亲，号莼芗，有生意要去崇明岛，带着我一起去了，代替书写契约，得到了二十两银子。回来正值我的父亲将要被安葬，启堂让逢森跟我说：“叔叔因为丧事缺少资金，想让你资助一二十两银子。”我本打算都给他，揖山不允许，就分了一半帮助他。我随即带着青君先到墓地。安葬完毕，仍旧返回大悲阁。

九月末，揖山有地在东海永泰沙，又带着我去收利息。逗留了两个月，回来已经是残冬了，移居到他家的雪鸿草堂过年。真是异姓的亲兄弟啊。

儿子夭亡

嘉庆乙丑年（1805）七月，琢堂才从都门回乡。琢堂名韫玉，字执如，琢堂是他的号，他和我是发小。他是乾隆庚戌年间的状元，出任四川重庆太守。白莲教动乱，三年戎马征战，功劳斐然。等到他回来，相见甚欢。不久，在重阳节那天，他带着家眷重新到四川重庆就任，邀请我一起去。我随即在九妹夫陆尚吾家里叩别母亲，因为父亲的旧居现在已经是别人的了。我的母亲嘱咐说："你弟弟不足依靠，你这一行要努力。重振家族声望，全靠你了。"逢森送我到半路，忽然泪落不止，于是嘱咐他不要送了，他回去了。

船出京口，琢堂有个旧日好友王惕夫孝廉在淮扬盐署，就绕道前去见面。我和他一起去，又得以看到芸娘的墓。船返回时从长江逆流而上，一路上游览胜景。到了湖北荆

州，得到琢堂升任潼关观察的消息，于是琢堂留下我和他儿子敦夫、眷属等人，暂且住在荆州。琢堂轻骑简从，到重庆过年，就从成都经过栈道，去赴任。

嘉庆丙寅年（1806）二月，四川的眷属开始从水路过去，到樊城上岸。路途遥远，耗费巨大，车重人多，马死车破，备尝辛苦。到达潼关的时候刚到四月，琢堂又升任山左廉访，他两袖清风，眷属不能一同前往，暂时借住在潼川书院。十月末，琢堂才支出山左的俸禄，派专人接眷属。附带着青君的书信，惊闻逢森在四月的时候夭亡了，才回想之前送我落泪之时，原来是父子永诀啊。

呜呼！芸只有一个儿子，不能延续她的血脉了。琢堂听闻这件事，也为之长叹，送给我一个小妾，重入春梦。从此扰扰攘攘，又不知道什么时候梦醒了。

卷四　浪游记快

我游幕三十年来，天下还没去过的地方，只有蜀中、黔中与滇南了。可惜车马往来如征战，处处跟随别人，山水怡情，如过眼云烟，不过领略其中的大概，不能探僻寻幽。我凡事喜欢发表自己见解，不屑于附和别人，即使是论诗品画，也无不保留着人珍我弃、人弃我取的思想。所以名胜所在，贵在心得体会，有些名胜我却不觉得它们好，有些不是名胜我却认为很好。姑且把我平生经历的记录下来。

游吼山

我十五岁时，我的父亲稼夫公在山阴赵明府幕中工作。有个赵省斋先生，名传，是杭州的宿儒，赵明府请他教自己的儿子，我的父亲也让我拜投在他门下。

空闲的日子出游，得以到吼山。离城大约十来里，不通陆路。靠近山看到一个石洞，上面有片石横着像要坠落的样子，就从下面划船进去。中间空荡豁然，四面都是峭壁，俗称"水园"。靠近水流修建了五间石阁，对面石壁有"观鱼跃"三个字，水深不可测，相传有大鱼潜伏。我投鱼饵尝试，只见到不足一尺的鱼出水吞食。石阁后面有路通往旱园，拳石散乱矗立，有横阔如手掌的，有柱状的石头顶部平整上面接大石头的，凿痕还在，但没有一处可取的。游览完毕，在水阁设宴，让跟随的人燃放爆竹，轰然一响，万山齐应，就像听到霹雳的声音。这是我小时候畅游的开始。可惜没能去兰亭、禹陵，到现在还觉得遗憾。

游杭州

到山阴的第二年，先生因为父母年老，不远游，在家里设馆教学。于是我跟着到杭州，因而能够畅游西湖胜景。结构的妙处，首先我以为龙井是最好的，其次是小有天园。石头当取天竺的飞来峰和城隍山的瑞石古洞。水当取玉泉，因为那里水清鱼多，有活泼

之趣。大约最不能看的是葛岭的玛瑙寺。其余湖心亭、六一泉等景色，各有妙处，不能一一道来，然而都不能蜕去脂粉气息，反而不如小静室的幽僻，雅近天然。

苏小墓在西泠桥边。当地人指点说，一开始只有半丘黄土罢了。乾隆庚子年，皇帝南巡，曾经问及这里。甲辰年春，再次举办南巡盛典，这时苏小小墓就已经用石头筑起了，做成八角形，上面立一块碑，用大字刻着“钱塘苏小小之墓”。从此凭吊古迹的文人骚客，就不必徘徊探访了。我想自古以来，烈魄忠魂湮没于世间而不能流传的，本就不可胜数，就是流传下来时间不长的也不少。小小一名妓，从南齐到现在，人们都知道她，这大概是灵气聚集，来点缀湖山吗？

桥北几步路有崇文书院，我曾经和同学赵缉之在其中参加考试。那时正是夏天，起得很早，出钱塘门，经过昭庆寺，走上断桥，坐在石栏上。旭日将升，朝霞映照在柳树之外，容貌姿态美到极点；在白莲的香气中，清风缓缓吹来，令人身心清爽。步行到书

院时，试题还没有出来。午后交了卷子，和缉之一起在紫云洞纳凉，洞里大到能够容数十人，石孔上透过太阳的光芒。有人设短桌矮凳，在这里卖酒。解开衣服喝点酒，品尝鹿脯，觉得很美妙，就着鲜菱雪藕，微醺时从洞中出来。缉之说："上面有朝阳台，十分高旷，何不去游览一下呢？"我也兴致大发，奋勇登上山巅，感觉西湖像一面镜子，杭州城像弹丸之地，钱塘江像织带一样，极目可以看到数百里，这是我生平第一次看到如此壮观的景色。

坐了很久，太阳将要落下，相扶下山，南屏晚钟已经敲响了。韬光、云栖因为路远没有到，红门局的梅花，姑姑庙的铁树，不过如此。紫阳洞我以为一定值得一看，所以探寻找到了，洞口只能容下一根指头，涓涓流水罢了。相传里面有地上仙山，恨不得撬开门进去。

清明那天，先生春祭扫墓，带着我一起游览。墓地在东岳，这个地方竹子很多，守墓的人挖起没有出土的毛笋，形状像梨但是尖，做成羹供客人食用。我喜欢吃，喝完了两碗。先生说："喂！这个虽然美味但是克制心血，应该多吃肉来调和。"我向来不贪求吃肉，于是饭量因为毛笋而减少，回来的路上觉得烦躁，唇舌几乎裂开。经过石屋洞，不是很值得观赏。水乐洞的峭壁上有很多藤萝，进入洞内就像进入斗室；有泉水流淌很急，声音琅琅。水池的宽仅三尺，水深五寸左右，不溢出也不枯竭。我俯身喝了几口流水，烦躁顿时消解。洞外有两个小亭子，坐在亭中可以听到泉水的声音。和尚请我们观看万年缸。缸在佛寺的厨房里，形状巨大，用竹子引入泉水灌到缸内，听任它满了溢出来，年深日久结了大约一尺厚的青苔，缸里冬天不结冰，所以不损坏。

乾隆辛丑年（1781）秋八月，我的父亲生病返回家中。他冷了要火，热了要冰，我劝说也不听，竟然转为伤寒之症，病情一天天加重。我侍奉汤药，日夜不睡将近一个月。我的妻子芸娘也生重病，气息微弱地躺在床上。我的心境之恶劣，不能用言语形容。父亲喊我嘱咐说："我的病恐怕好不了了，你守着这几本书，终究不是糊口的长久之计。我把你托付给我结拜的弟弟蒋思斋，你仍旧可以继承我的事业。"第二天，蒋思斋来了，父亲就在病床前命我拜他为师。很快，得到名医徐观莲先生诊治，父亲的病渐渐痊愈。芸也能够慢慢地起床。而我就从此学习游幕。这并不是高兴的事，为什么记在这里？因为这是我抛书浪游的开始，所以记下来。

游寒山

思斋先生名襄。这一年冬天，我就跟着他在奉贤官舍习幕。有个一同习幕的人，姓顾名金鉴，字鸿干，号紫霞，也是苏州人。他为人慷慨刚毅，刚正不阿，比我大一岁，我喊他哥哥。蒋鸿干随即果断地叫我弟弟，倾心相交。这是我交往的第一位知己。可惜他二十二岁就死了，之后我就很少与人交往。今年将近四十六岁，沧海茫茫，不知今生是否能再遇到像鸿干那样的知己？

回忆与鸿干结友，襟怀高旷，时常兴起住在山里的想法。重阳节那天，我和鸿干都在苏州。有前辈王小侠和我的父亲稼夫公叫女伶演戏剧，在我家宴请宾客。我讨厌喧扰，前一天，与鸿干相约去寒山登高，借此寻访将来结庐之地。芸为我整理酒具。第二天，

天快亮时，鸿干已经登门邀请了。于是带着酒具走出胥门，进了面馆，各自吃饱了。渡过胥江，步行到横塘枣市桥，雇一叶扁舟，到山上时，还没到中午。船夫十分善良，让他买米煮饭。我们两人上岸，先到中峰寺。寺在支硎古刹的南边，顺着道路往上。寺中藏着大树，山门寂静，地僻僧闲，看到我们两人不修边幅，不怎么待见我们。我们的目的也不在这里，所以没有深入。回到船上，饭已经熟了。吃完饭，船夫带着酒具跟着我们，叮嘱他的儿子守着船，从寒山到高义园的白云精舍。轩门临近峭壁，下面凿有小池，用石栏围绕，一泓秋水，崖边悬挂着薜荔，墙上积着莓苔。坐在轩下，只听到落叶萧萧，悄无人迹。

出门有一个亭子，嘱咐船夫坐在这里等候。我们两人从石缝中进入，名叫“一线天”。顺着台阶往上盘旋，直到山巅，叫“上白云”，有一个小庙已经坍塌颓败，只剩一座危楼，仅可远眺。休息片刻，就相扶着下来。船夫说：“登高忘带酒具了。”鸿干说：“我们游玩，是想找个能一起归隐的地方，并不是专门为了登高。”船夫说：“离这里向南走二三里，有上沙村，有很多人家，有空地，我有个姓范的表亲住在那个村子，何不去游赏一下呢？”我开心地说：“这是明末徐俟斋先生隐居的地方。有园子，听说非常幽雅，从未游览过。”于是船夫带领我们前去。

村子在两山夹道中间，园子依山而建却没有山石，老树多极尽迂回盘郁的气势，亭榭窗栏都很朴素，竹篱茅舍，不愧是隐者居住的地方。里面有皂荚亭，树大得可以两人合抱。我经历的园亭之中，这个是第一。

园子的左边有山，俗称“鸡笼山”。山峰直竖，上加大石，像杭州的瑞石古洞，但是比不上它玲珑有致。旁边有一个青石像床榻一样，鸿干躺在上面说：“这个地方抬头能看到峰岭，低头能俯瞰园亭，既宽旷又幽静，可以喝酒了。”于是拉上船夫一同饮酒，或歌或啸，胸怀大畅。

当地人知道我们是寻地而来，误以为我们是看风水的，就告诉我们某处有好的风水。鸿干说：“只期待着合心意，不论风水如何。”哪里想到竟成谶语。酒瓶已经空了，各采野菊插满两鬓。

回到船上，太阳已经快落了。一更左右回到家，客人还没有散场。芸私下告诉我说：“女伶中有个叫兰官的，端庄可取。”我假传母亲的命令把兰官叫进来，握着她的手腕看

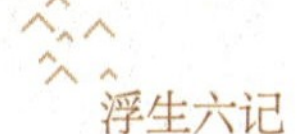

她，果然下巴丰满，皮肤白腻。我回头看着芸说："美是美，终究嫌名不副实。"芸说："胖的人有福相。"我说："马嵬之祸，杨玉环的福气在哪里呢？"芸用别的话把她送出去了，对我说："今天你又喝醉了吗？"我于是遍述我所游览的地方，芸也神往了很久。

游扬州平山堂

乾隆癸卯年（1783）春，我跟从思斋先生赴扬州的聘请，才见到金山、焦山的真面目。金山适合远观，焦山适合近看，可惜我从这里经过，不曾登山眺望。

渡江到北面，王士祯所说的"绿杨城郭是扬州"这句话，已经鲜活地呈现了。

平山堂离城约三四里，走过去有八九里。虽全是人工，但是奇思幻想，点缀天然，就是阆苑瑶池、琼楼玉宇，想来也不过如此。它的妙处在于十余家的园亭合而为一，互相衔接到山上，气势贯穿。它最难的地方，是出城就入景，有一里路左右紧沿着城墙。

城墙点缀在旷远重山之间，才能入画，园林有这样的地方，显得非常蠢笨。但是观察它的亭、台、墙、石、竹、树，在半隐半露之间，让游人不觉得碍眼，这个胸中没有丘壑的人一定难以动手。

城墙的尽头，以虹园起首，折道向北，有石梁叫"虹桥"。不知道是园以桥名，还是桥以园名呢？划船而过，叫"长堤春柳"；此景没有装饰在城脚却点缀在这里，更能见到安排的巧妙。再折道向西，垒土建庙，叫"小金山"；有这个挡住，便觉得气势紧凑，也不是俗笔。听说这个地方本来是沙土，多次修建没能成功，用了若干木排，层叠加土，耗费数万两银子才成。如果不是商人，谁能做到这样呢？

穿过这里有胜概楼，年年在这里观看划船比赛。河面较宽，南北横跨一座莲花桥，桥门通往八方，桥面设五个亭子，扬州人称为"四盘一暖锅"。这个是穷思竭力的做法，不是很可取。桥南有莲心寺，寺中突起一座喇嘛白塔，金顶璎珞，高矗直入云霄，殿角的红墙和松柏交相掩映，时时听到钟磬的声音，这是天下的园亭所没有的。过了桥看见

三层高阁，飞檐画栋，五采绚烂，用太湖石堆叠，用白石栏围绕，名字叫“五云多处”，就像文章中间的大结构。过了这个地方，名叫“蜀冈朝阳”，平坦无奇，且属于附会。将到山上时，河面渐渐变窄，堆土种了竹和树，转了四五个弯，似乎已经山穷水尽了，却突然豁然开朗，平山的万松林已陈列眼前了。

“平山堂”三个字是欧阳文忠公题写的。所谓淮东第五泉，实际上在假山石洞中，不过是一个井罢了，井水的味道与天泉相同；荷亭中的六孔铁井栏，是假的陈设，水不能喝。九峰园单独在南门幽静的地方，别有一番自然情趣，我认为这是众多园林里的第一。没有到康山，不知道怎么样。

这里都是说了大概，它们工巧、精美之处，不能一一陈述。大约应把它们看成艳妆美人，不能当作浣纱溪上来看。余恰好碰上陛下南巡盛典，各个工程修建完成，恭敬地展示接驾装饰，所以能够畅游观赏，也是人生难遇的事。

游南斗圩行宫

乾隆甲辰年（1784）春，我随侍父亲在吴江何明府幕中，和山阴章苹江、武林章映牧、苕溪顾蔼泉等人同事，奉命修办南斗圩行宫，得以第二次瞻仰皇帝的容貌。一天，天色将暗，忽然动了回家的兴致。有办差的小快船，双橹两桨，在太湖飞棹疾驰；吴地俗称“出水辔头”，转眼已到吴门桥。即使是跨鹤腾空，也没有这样神清气爽。回到家，晚餐还没做好。我的家乡素来崇尚繁华，到这一天争奇夺胜，比往日尤其奢侈。灯彩炫目，笙歌聒耳，比古人所谓的“画栋雕甍”“珠帘绣幕”“玉栏杆”“锦步障”有过之而无不及。我被朋友东拉西扯，帮他们插花结彩。闲时就呼朋引伴，痛饮狂歌，畅怀游览。少年豪兴，不倦不累。如果出生在盛世却仍然居住在穷乡僻壤，怎么能够这样游览观赏呢？

游嘉兴“水月居”

这一年，何明府因为事情被议罪，我父亲随即赴任海宁王明府的聘请。嘉兴有个叫刘蕙阶的人，长期吃斋信佛，来拜见我父亲。他家在烟雨楼旁边，有一阁临河，叫“水月居”，是他诵经的地方，洁静得像僧舍。烟雨楼在镜湖之中，四岸都是绿杨，可惜竹子不多。有平台可以远眺，渔船排列似星辰，水面平波漠漠，似乎适合月夜。僧人准备的素斋吃着很好。

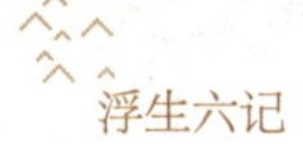

游海宁安澜园

到海宁，和白门史心月、山阴俞午桥同事。心月有一个儿子叫烛衡，澄静缄默，儒雅彬彬，和我是莫逆之交，这是我生平第二个知己。可惜萍水相逢，相聚的日子不多。

游览陈氏安澜园，占地百亩，重楼复阁，夹道回廊。水池很广，桥是六边形；石上布满藤萝，凿痕全被掩盖了。古木千棵，都有参天的气势；鸟啼花落，就像进入了深山。这是人工建成的却归于天然。我所游历的平地上的假石园亭，这个是第一。曾经在桂花楼中举行宴会，各种味道全都被花的气味冲夺，只有酱姜的味道没变。生姜和桂花的品性是越老越辣，来比喻忠臣，确实不假。

出了南门就是大海，一天两次涨潮，像万丈银堤破海穿过。有迎着海潮的船只，海潮来了，反着船桨相对。在船头设一个木招，形状像长柄大刀。木招一按，潮水就被分开，船就随着木招进去了。一会儿才浮起来，拨转船头随着潮水而去，顷刻间行驶百里。塘上有个塔院，中秋夜我曾经跟随父亲在这里观潮。沿着塘往东约三十里，名叫尖山，一峰突起，扑入海中。山顶有阁，牌匾上写着“海阔天空”。一望无际，只见到怒涛接天。

游徽州绩溪

我二十五岁时，接受徽州绩溪克明府的邀请，从武林坐“江山船”，经过富春山，登上子陵钓台。台在山腰处，一峰突起，离水面十多丈。难道汉朝的水位与山峰是平齐的吗？月夜在界口停泊，有巡检署。“山高月小，水落石出”，此景仿佛就是这样。黄山只看到了山脚，可惜没能一览全貌。

绩溪城处在万山之中，弹丸小城，民风淳朴。靠近绩溪城有石镜山，从山弯中曲折前行一里左右，悬崖急湍，湿翠欲滴。渐高来到山腰，有一方石亭，四面都是陡峭的石壁；石亭左侧的石壁削刻如屏障，青色光润，可照见人形，民间传说能照见前生。黄巢到这里，照出的是猿猴的样子，就纵火烧了它，所以不再能看见了。

离绩溪城十里有火云洞天，石纹盘结，凹凸巉岩，像王蒙绘画的意境，却杂乱无章；洞中的石头都是深绛色。旁边有一个小庙，十分幽静，盐商程虚谷曾经在这里招游设宴。酒席中有肉馒头，小沙弥在旁边一直盯着，我给了他四个。临走的时候，给了他们二圆番银作为酬谢，山僧不认识这钱，推辞不肯接受。我告诉他用一枚可以换七百余文青钱，僧人因为附近没有换钱的地方，还是不肯接受。于是攒凑六百文青钱交给他，才开心地答谢。

过些天，我邀请朋友带着酒具又去了，老僧叮嘱说："那天小徒弟不知道吃了什么东西腹泻，今天不要再给他了。"可知，吃野菜的肠胃不能接受肉味，确实让人感叹。我对朋友说："当和尚的人，必须住在这种僻静的地方，终身不见不闻，或许可以修真养静。若是像我家乡的虎丘山，整天眼睛见到的都是妖童艳妓，耳朵听到的是弦索笙歌，鼻子闻到的是佳肴美酒，怎么会身如枯木、心如死灰呢？"

离城三十里有个地方叫“仁里”，有花果会，十二年举办一次。每次举办，各自出盆花比赛。我在绩溪恰逢花果会，高兴地想去，苦于没有车轿马匹，于是有人教我用断竹为杠，绑上椅子为轿，雇人抬着过去。同游的只有同事许策廷，见到的人没有不惊讶欢笑。到了这个地方，有庙，不知道供奉的是哪个神。庙前空旷的地方高高地搭了个戏台，画梁方柱极其壮观。走近看则有纸扎彩画，用油漆涂抹。锣声忽然响起，四个人抬着对烛，大得像断了的柱子一样；八个人抬一头猪，大得像公牛一样，原来是大家一起养了十二年才宰杀，为了献祭给神。许策廷笑着说：“猪固然长寿，神也是齿利。我如果是神仙，哪能享用得了这些？”我说：“也足以见到他们的迷信。”进入庙中，殿廊轩院所设的花果盆玩，并没有剪枝折节，全部以苍老古怪为佳，大半都是黄山松。不久开场演剧，人像潮水一样奔涌而来，我和策廷于是回避离开。没到两年，我和同事不合，拂袖回乡。

游岭南

我从绩溪的游历中，看到官场中卑鄙的样子不堪入目，所以弃教经商。我有个姑丈叫袁万九，在盘溪的仙人塘作酿酒生意，我与施心耕投资合伙。袁的酒本来在海上贩卖，不到一年，遇到台湾林爽文作乱，海路被阻隔，货物积压，本钱折损。不得已，我仍然重操旧业。

在江北作馆四年，没有一点畅游可记。等到居住萧爽楼，正做烟火神仙，有表妹夫徐秀峰从粤东回来，看到我闲居，感慨地说：“你等露水烧饭，以写作为生，终究不是长久之计，何不和我一起去岭南游历呢？应该不仅仅获得蝇头小利。”芸也劝我说：“趁着父母双亲尚且健康，你尚且壮年，与其计较着柴米油盐来寻欢，不如一劳永逸。”我于是和各位朋友商议，筹集资金作为本钱。芸也亲自筹办绣品货物，以及岭南所没有的苏酒、醉蟹等物。禀告父母，在十月初十这天，和秀峰一起从东坝出芜湖口。

初游长江，心胸非常畅快。每晚船停后，一定要在船头小酌。看到捕鱼人的渔网不满三尺，网孔大约有四寸，四角用铁箍紧，似乎是让它易沉。我笑着说：“圣人的教诲，虽说‘打鱼不用密网’，可是如此的大孔小网，怎么能有收获呢？”秀峰说：“这是专门网鲳鱼用的。”看到他们系上长绳，忽起忽落，好像是探测有没有鱼。不一会儿，急忙拉着绳子出水，已经有鲳鱼锁在了网孔上起来。我开始感叹：“可知一己之见，不可推测其中的奥妙。”

一天，看到江心中一峰突起，四处没有倚仗。秀峰说：“这是小孤山。”霜林中，庭院阁楼参差错落。乘风经过，可惜没能游览。

到了滕王阁，好像我们苏州府学的尊经阁移在胥门的大马头一样。王子安序言中所说的不足为信。就在滕王阁下换一条高尾昂首船，叫“三板子”，从赣关到南安登陆。恰逢我三十岁生日，秀峰准备面条为我庆生。

第二天经过大庾岭，山顶有个亭子，亭匾上题“举头日近”，是说它非常高。山头一

分为二，两边是峭壁，中间留出一条像石巷的路。路口陈列了两个石碑，一个叫“急流勇退”，一个叫“得意不可再往”。山顶有梅将军祠，没有考证是哪朝人。所谓的岭上梅花，只有一棵树，难道是因为梅将军才得名为梅岭吗？我所带的用来送礼的盆梅，到这里时将近腊月，已经花落叶黄了。

过了大庾岭的出口，山川风物便觉得立刻不一样了。岭西有一座山，石窍玲珑，已经忘了它的名字。轿夫说：“山中有仙人床榻。”匆匆就过去了，因为没有能够游览而怅然若失。到了南雄，雇了老龙船，经过佛山镇，看到人家墙顶多陈列盆花。叶子像冬青，花像牡丹，有大红、粉白、粉红三种颜色，原来是山茶花。

腊月十五，才抵达省城，住在靖海门内，租姓王的三间临街楼屋。秀峰的货物都卖给执掌政权的人，我也跟着他开单拜客，就有配礼者络绎不绝地来取货，不到十天，我的货物已经卖光了。除夕，蚊声像雷鸣。春节贺岁，有穿棉袍纱套的人。不只是气候差别明显，就是当地人，和我们同样的五官，神情也不一样。

正月十六，有三位官署的同乡好友拉着我游河观妓，名叫“打水围”，妓女名叫“老举”。于是同出靖海门，下到小艇上，小艇像是对半剖开的鸡蛋加了一个篷子。先到了沙面。妓船名叫“花艇”，都是头对头分开排列，中间留出水巷，以便小艇往来。每帮约一二十号船，用横木绑定，以防止海风。两船之间用木桩钉住，用藤圈套紧，以便随着潮水涨落。鸨儿被称为“梳头婆”，头上戴着银丝架子，高约四寸，中间空，在外面盘发，用长耳挖插一朵花在鬓边；上身穿着深黑短袄，下身穿深黑长裤，裤管拖在脚背上，腰束汗巾，有红有绿，赤脚穿鞋，样子像梨园旦角。

登上小艇，她们就躬身笑脸相迎，撩起帘子进入舱内。旁边排列着椅子凳子，中间摆一个大炕，一扇门通往船艄后面。鸨母喊“有客”，就听鞋子的声音杂沓出来，有挽发髻的，有盘辫子的，涂的粉像粉墙，抹的胭脂像石榴花，有的是红袄绿裤，有的是绿袄红裤，有的穿着短袜却提着绣花蝴蝶的鞋子，有的光着脚套着银脚镯的，有的蹲在炕上，有的倚在门前，双目闪闪，一言不发。

我回头问秀峰说：“这是做什么？”秀峰说：“眉目传情结成之后，招呼她们才主动靠近。”我试着招呼，果真立刻就笑脸到我跟前，从袖口拿出槟榔表达敬意。入口大嚼，苦涩得不能忍受，急忙吐掉，用纸擦嘴唇，吐的东西像血。艇上的人都大笑起来。

又到了军工厂，穿着打扮也一样，只是年长的年幼的都能弹琵琶。和她们说话，回答说“唛”。“唛”是“什么”的意思。我说：“少不入广的原因，是因为那里销魂；如果是这样粗野的装束，荒蛮的语言，谁会为之动心呢？”一个朋友说：“潮帮的装束像仙女，可以去看一看。”

到了潮帮，排舟也和沙面一样。有个著名鸨母叫素娘的，装束像唱花鼓的妇人。这里的妓女都穿着长领上衣，脖子上套着项锁，前面头发齐眉，后面头发垂肩，中间挽了一个鬏像丫鬟，裹脚的穿着裙，不裹脚的穿着短袜，也穿蝴蝶履，长拖裤管，语音可以辨别。而我终究嫌弃她们穿着怪异的服饰，没什么兴趣。

秀峰说：“靖海门对面的渡口有扬帮，都是吴地装扮，你去，一定有合心意的。”一个朋友说：“所谓扬帮，只有一个鸨儿，称作‘邵寡妇’，带着一个媳妇叫‘大姑’，是来自扬州，其余的都是湖广江西人。”

因此到了扬帮，对面两排仅有十余只艇，其中的妓女都是云鬟雾鬓，薄施脂粉，阔袖长裙，语音清楚。那个叫邵寡妇的人，殷勤接待我们。于是有一个朋友另外叫了酒船，

大的叫“恒艛”，小的叫“沙姑艇”，作为东道相邀。请我选妓女，我选择了一个年幼的，身材状貌类似我的妻子芸娘，但是脚非常尖细，叫喜儿。秀峰叫了一个妓女叫翠姑。其他人都各自有旧交。放艇在河中间，开怀畅饮。到了一更左右，我害怕不能把持住自己，坚决想回到住处，但是城门已经关闭很久了。原来海疆的城市，日落就关闭了，我不知道。

等到酒席结束时，有卧床吃鸦片烟的，有抱着妓女调笑的，妓院中的仆人各自送来被子枕头，将要安置床铺。余暗中问喜儿说：“你原来的艇上能睡觉吗？”回答说：“有寮可住，不知道是否有客人。”寮，是船顶的楼。我说：“姑且去看看吧。”招呼小艇渡到邵船，只见合帮灯火相对像长廊一般，寮楼恰好没有客人。鸨母笑着迎接我说：“我知道今天有贵客要来，所以留着寮楼等待。”我笑着说：“您真是荷叶下的仙人啊！”

于是有仆人移动烛火带领，从舱后的梯子上来。宛如斗室，旁边有一个长榻，几案齐备。掀开帘子再进去，就在头舱顶部，床也安置在旁边，中间的方窗用玻璃镶嵌，不点火但是光亮满了一屋子，是对面船的灯光。衾帐镜奁，十分华美。

喜儿说："从台上可以观看月亮。"就在梯门上方叠开了一个窗户，像蛇一样走出来，就是后梢的顶部。三面都设了短栏杆，一轮明月，水阔天空。纵横交错像乱叶浮在水面的，是酒船；闪烁像繁星列在天空的，是酒船的灯光；还有小艇梳织往来，笙歌弦索的声音，夹杂在涨潮的沸声之中，让人情思漫移。我说："'少不入广'，应当在这里了！"可惜我的妻子芸娘不能和我一同游览到这里，回头看了看喜儿，月下依稀和芸有相似之处，于是挽着她走下台，熄烛躺下。天快亮时，秀峰等人已哄然而来，我披衣起来迎接，都因昨晚逃离而责怪我。我说："没有其他原因，怕你们这些人掀被子揭纱帐！"于是一同回到住的地方。

过了几天，我和秀峰同游海珠寺。寺在水中，围墙像城墙一样。四周距离水面五尺左右，有洞，设立大炮来防止海寇，潮涨潮落，随水浮沉，没有发觉炮门是或高或低，也是事物道理的不可测度之处。

十三洋行在幽兰门西面，结构与洋画相同。对面渡口名叫"花地"，花木繁多，是广州卖花的地方。我自以为没有花不认识的，到了这里只认识十之六七。询问它们的名字，有《群芳谱》没有记载的，或许是方音不同的原因？

海珠寺规模极大，山门内种植榕树，大的可达十余抱，荫浓如盖，秋冬也不凋落。柱槛窗栏都用铁梨木做成。有菩提树，它的叶子像柿子树的叶子，泡在水中，去皮，肉筋细得像蝉翼纱，可裱装成小册子写经书。

回来的路上在花艇上拜访喜儿。正好翠姑、喜儿两个妓女都没有客人。喝完茶准备离开，她们再三挽留我们。我所中意的是寮楼，然而鸨母的媳妇大姑已有酒客在寮楼上了，于是对邵鸨儿说："若可以一起去我住的地方，就不妨聊一会。"邵说："可以。"秀峰先回去，嘱咐随从整理酒肴。我带着翠姑、喜儿到寓所。正谈笑间，恰逢郡署王懋老没有约定就来了，留他一起饮酒。

酒将要喝时，突然听到楼下人声嘈杂，似乎有要上楼的情势。是房东一个侄子，向来无赖，知道我召妓，所以带人试图敲诈我。秀峰抱怨说："这都是沈三白一时的高兴，我不应该也跟着他这样！"我说："事已至此，应该赶快思考退兵之计，不是斗嘴的时候。"懋老说："我应当先下去劝说一下。"

我随即叫仆从赶快雇两顶轿子，先使两名妓女脱身，再计划出城的方法。听到懋老

劝说那些人也不退回，也不上楼。两顶轿已经备好，我的仆人手脚十分敏捷，让他们在前面开路。秀峰挽着翠姑跟着，我挽喜儿在后面，一哄而下。秀峰、翠姑借着仆人的帮助，已经出门离开了。喜儿被突然出现的手抓住，我急忙抬起腿，踢中了那人的手臂，手一松，喜儿就脱身离开，我也乘势脱身离开。我的仆人仍然守着门，以防追抢。我急忙问他说："见到喜儿没有？"仆人说："翠姑已经乘轿离开，喜娘只见她出来，没见到她乘轿子。"我急忙点起火把，看到空轿还在路旁。我急忙追到靖海门，看见秀峰站在翠姑的轿子旁边，又问他，他回答说："或许应该往东去，却反而向西跑了。"急忙转身，经过十余家住宅，听到暗处有人喊我，用火照过去，是喜儿。于是把她放在轿子中，用肩膀扛着走。秀峰也跑过来，说："幽兰门有水道可以出来，已经托人贿赂他们开锁了。翠姑已经去了，喜儿快去吧！"我说："你快快回到住处退兵，翠姑、喜儿交给我！"

到水道旁边，果然已经开了锁，翠姑先在那了。我于是左边夹着喜儿，右边挽着翠姑，弓腰踮脚，踉跄出了水道。恰好下起了微雨，道路湿滑得像油。到了河岸沙面，吹笙唱歌正热烈。小艇上有认识翠姑的，招呼我们上船。这才看到喜儿的头发像飞蓬，钗环都已不见了。我说："被抢去了吗？"喜儿笑着说："听说这些都是足金，是阿母的财物。我在下楼时已除去了，藏在口袋里。如果被抢去，连累你赔偿啊。"我听到她的话，心里非常感激，让她重新整理发钗耳环，不要告诉阿母，借口说住的地方人多杂乱，所以仍然回到船上。翠姑依言告诉阿母，并说："酒菜已经吃饱了，准备粥就可以了。"

这时，寮楼上酒客已经离开，邵鸨儿让翠姑也陪我上寮楼。看到两对绣鞋已经被泥污湿透了。三个人一同喝粥，聊以充饥。剪烛夜谈，才知道翠姑的籍贯在湖南，喜儿的祖籍是河南，本来姓欧阳，父亲亡故母亲再嫁，被坏叔叔卖到妓院。翠姑告诉我迎新送旧的哀苦：内心不快乐也要强颜欢笑，酒量不好也要强行喝下，身体不舒服也要勉强陪客，喉咙不爽利也要勉强唱歌。甚至有一些性情乖张的人，稍不合意，就摔酒杯翻桌子，大声辱骂，借着阿母不知晓，反过来说接待不周。又有恶心的客人彻夜蹂躏，忍受不了他们的搅扰。喜儿年轻初到，阿母尚还怜惜她。不知不觉泪水随着话落下来，喜儿也默

默地抽泣。于是我挽着喜儿入怀，抚慰她。叮嘱翠姑睡在外面的床上，因为她是秀峰交好。

从此，或者十天，或者五天，必派人来喊我过去。喜儿有时乘着小艇，亲自到河岸迎接我。我每次去，一定和秀峰一起，不喊其他的客人，也不另外放艇。一夕之欢，不过番银四圆。秀峰今天翠姑明天红姑，俗称跳槽，甚至一次招两名妓女；我就只喜欢喜儿一人。偶尔独自前去，或在平台小酌，或在寮楼清谈，不让她唱歌，不强迫她多喝酒，温存体恤，一艇都安适自在，邻旁的妓女都羡慕。有空闲没有客人的，知道我在寮楼，一定来拜访。整帮的妓女，没有一个不认识的，每次上艇，招呼我的声音不断；我也左顾右盼，应接不暇。这是即便挥霍万金也不能达到的。

我在那里四个月，共花费了数百两银子，得以品尝荔枝鲜果，也是生平的一件快事。后来鸨母想要索取五百两银子，强迫我娶喜儿，我担心她搅扰，于是准备回家。秀峰迷恋这个地方，于是劝他买一个小妾，仍从原路返回吴地。

第二年，秀峰又去，我的父亲不准我和他一起出游，于是赴任青浦杨明府的聘请。等到秀峰回来，说到喜儿因为我没有去，几乎要寻短见。唉！“半年一觉扬帮梦，赢得花船薄幸名”啊。

游西山小静室

我从粤东回来，在青浦做两年幕客，没什么畅游可记。没多久，芸、憨相遇，众人非议纷纷，芸因为激愤导致生病。我和程墨安在家门旁边设了一个书画铺，借以赚取一点汤药钱。

中秋后的两天，有吴云客偕同毛忆香、王星灿，邀我游西山小静室。我恰好写字画画很忙，就让他们先去。吴云客说："你要能出城，明天中午就在山前水踏桥的来鹤庵等我们。"我答应了。

第二天，留下程看画铺，我独自走出阊门，到山前，过水踏桥，沿着田埂往西，看到一个小庙面朝南，门前有清澈的河流，敲门询问，回答说："客人从何而来？"我告诉他。笑着说："这是'得云'，你难道没看到匾额吗？'来鹤'已经过了！"我说："从桥到这里，没看到有小庙。"那人往回指着说："你看不到土墙中繁密的竹林吗，那就是了。"

我于是返到墙下。小门紧闭，从门缝窥看，短篱曲径，绿竹婀娜，寂静得听不到人说话的声音。敲门，也没有人回应。一个人经过，说："墙上的洞穴有石头，是敲门的器具。"余试着连敲，果真有小沙弥出门回应。我随即顺着小路进入，过小石桥，向西一转弯，才见到山门，悬挂黑漆匾额，粉书"来鹤"二字，后面有长长的跋文，没空细看。进门经过韦驮殿，上下光洁，纤尘不染，知道这是小静室。

突然看到左边的回廊又有一个小沙弥捧着壶出来，我大声地呼喊问询，就听到室内星灿笑着说："怎么样？我就说三白决不会失信。"很快看到云客出来迎接，说："等着你吃早饭，为什么来这么晚？"一个僧人跟在他后面，向我行礼，问了才知是竹逸和尚。进入房间，只有三间小屋，匾额上写着"桂轩"，庭院中双桂盛开。星灿、忆香一起嚷着说："来晚了罚酒三杯！"席上荤素精致整洁，酒则黄酒白酒都有。我问道："你们游览几处了？"云客说："昨天来时已经很晚，今天早晨只到了得云、河亭。"痛快地喝了很久。吃完饭，仍然从得云、河亭一共游览了八九个地方，到华山就停下来了。各有佳处，不能一一陈述。华山的顶部有莲花峰，因为当时天晚了，约定以后再游。桂花的盛景，以这次游览为最。在桂花下喝了一杯清茶，就乘着山轿，径直回到了来鹤庵。

桂轩的东面，另有临洁小阁，已经摆好了杯盘。竹逸和尚寡言静坐，却好客善饮。开始是折桂催花，然后每人一个酒令，二更才结束。我说："今夜月色很好，就这样酣眠，未免辜负了幽静的月光，哪里有高旷地势，赏玩一番月色，也许才不虚度这样的良夜。"竹逸说："放鹤亭可以登览。"云客说："星灿抱琴前来，还没有听过他绝妙的琴调，到那个地方弹一曲怎么样？"于是一同过去。只见木樨香里，一路霜林，月下长空，万籁俱寂。星灿弹《梅花三弄》，飘飘欲仙。忆香也兴致大发，拿出袖中铁笛，呜呜地吹奏。云客说："今夜在石湖看月的人，哪个能像我们这样快乐呢？"我们苏州八月十八日石湖行春桥下，有看串月的盛会，游船排挤，彻夜笙歌，名字虽叫看月，实际上是带着妓女聚众饮酒罢了。不一会儿，月落霜寒，兴致已尽，回去睡觉。

游无隐庵

第二天早晨，云客对众人说："此地有个无隐庵，非常幽僻，你们有去过的吗？"都回答说："不要说没去过，连听都没听说过。"竹逸和尚说："无隐庵四面都是山，那个地方十分幽僻，僧人不能久住。几年前我去过一次，已经坍塌废弃了。自从尺木彭居士重修之后，还没有去过，现在还依稀认得路。如果想去游玩，我来做向导。"忆香说："空着肚子去吗？"竹逸笑着说："已经准备了素面，再让道人带着酒具跟从。"吃完素面，步行过去。经过高义园，云客想去白云精舍。进门坐下，一个僧人慢慢走出来，向云客拱手说："两个月没有得到指教，城中有什么新闻？抚军是否在官署？"忆香突然起来说："秃子！"拂袖径直出去。我和星灿忍笑跟着他。云客、竹逸应酬了几句，也告辞出来。

高义园就是范文正公墓，白云精舍在它旁边。一轩面向石壁，上面悬着藤萝，下面凿了一个水潭，一丈见方，一泓碧绿的清水，有金鱼游在其中，名叫“钵盂泉”。竹炉茶灶，位置非常清幽。轩后在万千绿丛中，可以俯瞰范园的概貌。可惜僧人俗，不堪久坐。这时从上沙村过鸡笼山，就是我和鸿干登高的地方。风物依旧，鸿干已死，不胜今昔之感。

正惆怅的时候，突然流泉挡了路不能进去，有三五村童在乱草中挖掘菌子，伸头笑着，好像在惊讶很多人到这里来。询问有没有去无隐庵的路，回答说：“前面的路水大不能行走，请往回走几步，南面有条小路，翻过山岭就到了。”听了他们的话。越过山岭向南走一里左右，渐觉竹树丛杂，四山环绕，小路上满是绿茵，已经没有人迹。竹逸徘徊四顾说：“好像在这个地方，但是路不能辨认了，怎么办呢？”我于是蹲下身子细看，在千竿竹中隐隐看见乱石墙舍，径直拨开丛竹，横穿进去寻找，才发现一扇门，有字“无隐禅院，某年月日，南园老人彭某重修”。众人喜悦地说：“不是你，这个地方就成了武

陵源了。”

山门紧闭，敲了很久，没有人回应。忽然旁边开了一扇门，呀然有声，一个穿着补缀的旧衣服的少年出来，面有菜色，脚穿破鞋，问我们说：“你们是来做什么的呢？”竹逸稽首说：“向往此地幽静，特地前来瞻仰。”少年说：“这样的穷山，僧人分散，没有人接待，请找其他游玩的地方。”说完，关上门想进去。云客急忙阻止他，答应说开门放我们进去游玩，定当酬谢。少年笑着说：“茶叶都没有，担心怠慢了客人，岂会希图酬谢呢？”

山门一开，就见到了佛面，金光与绿荫相映。庭院台阶的基石上，青苔堆积得像刺绣一般。殿后的台阶像墙一样，有石栏围绕。沿着台阶向西，有石头的形状像馒头，高两丈左右，细竹环绕石头的脚下。又往西转向北，从斜廊顺着台阶往上走，有三间客堂，紧对着大石头。石头下凿了一个小月池，一派清泉，荇藻交织横生。堂东就是正殿，殿左面往西方向是僧房厨灶；殿后临峭壁，杂树浓荫，抬头看不到天空。星灿累了，靠近池边休息，我也跟着他坐下。

正准备开启酒具小酌一杯，忽然听到忆香的声音在树梢，呼喊说：“三白快来，这里有妙境！”抬头看，看不到人，于是和星灿顺着声寻找。从东厢房的一个小门出去，转向北，有像梯子一样的石阶，大约数十级。在竹坞中突然看到一座楼，再顺着梯子向上，八个窗户通亮，匾额写着“飞云阁”。四面山环抱群列像城墙，西南缺少一角，远远看见水天相接，风帆隐隐，那就是太湖。靠着窗户俯视，风吹动竹梢，就像麦浪翻滚。忆香说：“怎么样？”我说：“此处是妙境啊。”忽然又听到云客在楼西面叫喊说：“忆香快来，这个地方更有妙境！”

于是又下楼，转而向西十几个台阶，豁然开朗，平坦得像石台。估计这个地方，已经在殿后峭壁的上方，残缺的砖石尚存，大概也是从前的殿基。环视四周的山，比飞云阁更加畅快。忆香对着太湖长啸一声，群山齐应。于是席地饮酒，忽然担心空腹，少年想煮锅巴代替茶，随后让他把茶改成粥，邀请他和我们一起吃。询问他这里为何冷落至此，回答说："四周无邻居，夜晚多强盗，聚积粮食的时候就来抢夺，即使种植瓜果蔬菜，也一半被樵夫据为己有。这是崇宁寺的下院，长厨每月月中送来一石饭干、一坛盐菜罢了。我是彭姓后裔，暂时住在这里看守，也要回去了，不久这里就没有人了。"云客给他一圆番银作为答谢。

回到来鹤庵，雇船回去。我画了一幅《无隐图》，赠给竹逸和尚，记录这次畅快的游玩。

游虞山

这一年冬天，我被为友人作担保所累，失去父母欢心，寄居在无锡华氏家里。第二年春天，将要去扬州但是缺钱，有个老友韩春泉在上洋幕府，于是去拜访他。衣衫褴褛，不能进入官署，送信约定在郡庙园亭中会晤。等到出来相见，才知道我的愁苦，慷慨相助十两银子。郡庙园亭是洋商捐助建成，极其阔大，可惜点缀的各个景观，杂乱无章，后面叠的山石，也没有起伏照应。

回来的路上忽然想到虞山盛景，恰好有船顺路我就跟去了。当时是仲春，桃李争妍，旅途的行踪，苦于没有陪伴的人，于是带着三百青铜，漫步到虞山书院。从墙外抬头观看，看到丛树交花，娇红嫩绿，依山傍水，极富幽趣，可惜找不到门进去。问路过去，遇到搭篷煮茶的人，就坐下喝茶。煮碧螺春，喝起来味道极好。询问虞山哪处风景最好，一个游人说："从这里出西关，靠近剑门，也是虞山最佳的地方。你想要去，我可以做你的向导。"我开心地跟他去了。

出西门，顺着山脚，高低行走约数里，渐渐看到山峰屹立，石上有横纹。到了跟前则是一山从中间分开，两侧石壁凹凸不平，高数十仞。走近仰望，石壁将要倾倒坠落的样子。那人说："传说上面有洞府，有很多仙景，可惜没有路能上去。"我兴致大发，挽着袖子卷起衣服，像猿一样爬上去，直到山顶。所谓的洞府，深只有一丈左右，上面有个石缝，明亮得能看到天空。低头往下看，腿软得要掉下去。于是用腹部对着石壁，依附着藤蔓下来。

那人感叹说："壮哉！游兴豪爽，还没有见到像你这样的。"我口渴想喝水，邀请那人走到乡村茶馆，买下并喝了三杯。太阳将落，还没能游遍，拾到十多块赭石，怀揣着带回住所。背着行囊搭乘夜船到苏州，仍旧返回无锡。这是我愁苦中的畅游。

游东海永泰沙

嘉庆甲子年（1804）春，我痛遭父亲去世的变故，将要弃家远走，朋友夏揖山挽留我住在他家中。秋八月，揖山邀我一起去东海永泰沙收取利息。永泰沙隶属崇明岛。出了刘河口，航海一百多里。新涨潮的地方刚刚开辟，还没有街市。芦荻茫茫，人烟稀少，只有同行丁氏的数十间仓库，四面挖掘沟河，筑堤栽柳环绕在外面。丁字实初，家在崇明岛，是永泰沙的首户。担任会计的姓王，都豪爽好客，不拘礼节，和我初次相见，就如同老朋友。杀猪做饭，拿出酒瓮喝酒。行酒令则是猜拳，不懂诗文。唱歌则是喧嚷，不讲音律。酒喝到尽兴时，命工人舞拳相扑作为游戏。蓄养了一百多头牯牛，都在堤上露宿。养鹅为号，以防海盗。白天就在芦丛沙渚之间驱使鹰犬捕猎，猎获的多是飞禽。我也跟着他们奔驰追逐，累了就睡。

带领我到园田成熟的地方，每一字号都围圈建筑了高高的堤坝，以预防潮汛。堤坝中通有水道，用闸来开闭，旱了就在涨潮时开闸灌溉，涝了就在落潮时开闸泄洪。租户四散各处，一叫都聚集了。他们称业主为“产主”，唯唯听命，朴诚可爱；如果用不义的事情激怒他们，那么他们野蛮粗横超过狼虎，幸好说一句公平的话，又很快地拜服了。刮风下雨昏暗晴朗，恍然像在太古。躺在床上向外看，就能看见洪浪涛天，枕畔潮声如同金鼓齐鸣。一天夜里，忽然看到数十里外有红灯，大得像笆斗，在海中漂浮，又看到红光照亮天空，就像失火一样。实初说：“此处出现神灯神火，不久之后又将涨出沙田了。”揖山兴致素来豪爽，到了这里更加放肆。我更是肆无忌惮，在牛背上狂歌，在沙头醉舞，只跟随兴之所至，确实是我生平没有拘束的畅游。事情结束后，十月才回来。

游苏州

我们苏州虎丘的胜景，我选后山的千顷云一处，第二就是剑池了。其他都是半借人工，且被脂粉所污，已经丢失了山林的本色。即便是新建的白公祠、塔影桥，也不过是

留下了风雅的名号。那个冶坊滨，我开玩笑地改成“野芳滨”，更不过是脂乡粉队，只是描绘了它的妖冶而已。城中最著名的狮子林，虽说是云林的手笔，而且石质玲珑，里面很多古木，不过用大势来看，竟然如同乱堆煤渣，用苔藓积集，用蚁穴穿凿，全然没有山林的气势。用我片面的见识来看，不知道其中的妙处。灵岩山，是吴王馆娃宫旧址，上有西施洞、响屧廊、采香径等风景，但它的气势散漫，广旷没有收束，比不上天平、支硎的别有幽趣。

邓尉山又名玄墓，西面背靠太湖，东面对着锦峰，丹崖翠阁，远望如画。当地人种梅为业，花开数十里，一眼望去像积雪，所以叫“香雪海”。山的左边有四棵古柏，称作“清”“奇”“古”“怪”。清，整棵树挺直，茂盛如翠盖；奇，卧在地上有三处弯曲，形状像“之”字；古，秃顶扁阔，一半已经枯朽如手掌；怪，形体像旋螺，枝叶树干都是这样。传说这是汉朝以前的东西。

嘉庆乙丑年（1805）孟春，揖山的父亲莼芗先生偕同他的弟弟介石，带领子侄四人，去幞山家祠春祭，连同扫祖墓，招呼我一起去。顺路先到灵岩山，出虎山桥，从费家河进香雪海观赏梅花。幞山祠宇就隐藏在香雪海之中；这时梅花正盛放，呼吸的气息都是香气。我曾经为介石画十二册《幞山风木图》。

游皖城

这年九月，我跟从石琢堂殿撰赴任四川重庆府。从长江逆流而上，船抵达皖城。皖山脚下，有元末忠臣余公的墓。墓地一侧有屋三间，名叫“大观亭”，面朝南湖，背靠潜山。亭在山脊，远眺十分畅快。旁边有长廊，北面的窗户大开，这时正值霜叶开始变红，绚烂如桃李。同游的人是蒋寿朋、蔡子琴。

南城外又有王氏园，这地方东西长，南北短，这是它北面紧背城墙，南面临近湖水的缘故。既然受地势限制，位置十分艰难，但是观察它的结构，使用了重台叠馆的方法。重台，就是在屋上建月台作为庭院，在上面叠石栽花，使游人不知道脚下有房屋。上面叠石的下面就充实，上面是庭院的下面就空下来，所以花木仍然能够得到地气生长。叠馆，就是楼上建轩屋，轩屋上再设平台。上下盘折，重叠四层，还有小池塘，水不会漏泄，竟然无法猜测哪里是虚哪里是实。它立脚处全部用砖石建造，承重处仿照西洋立柱的方法。幸好面对南湖，视野没有阻碍，放开胸怀游览，胜过平园。确实是人工神奇绝妙的地方。

游黄鹤楼、赤壁

武昌黄鹤楼在黄鹄矶上，后面拖连着黄鹄山，俗称“蛇山”。有三层楼，飞檐画栋，倚城耸立，面临汉江，与汉阳晴川阁相对。我和琢堂冒雪登楼。俯视长空，琼花飞舞，指着远处的银山玉树，恍若身处瑶台。江中小艇往来，纵横颠簸，如波浪席卷残叶，名利之心到此就冷却了。石壁间的题词吟咏非常多，不能记得了，只记得一副楹联说：何时黄鹤重来，且共倒金樽，浇洲渚千年芳草。但见白云飞去，更谁吹玉笛，落江城五月梅花。

黄州赤壁在府城汉川门外，屹立在江滨，界限分明得像墙壁。石头都是红色，因此而得名。《水经》称它为“赤鼻山”，苏东坡游览到这里作二赋，说这是吴魏交兵的地方，是不对的。赤壁下方已经变成陆地，上面有二赋亭。

游荆州

这一年仲冬抵达荆州，琢堂得到升任潼关观察的消息，留我住在荆州。我因为没能见到蜀中山水而感到失落。当时琢堂入川，他的儿子敦夫、眷属以及蔡子琴、席芝堂，都留在荆州，住在刘氏废园中。我记得厅堂的匾额写着“紫藤红树山房”。庭院的石阶用石栏围着，凿了一亩方池。池中建了一个亭子，有石桥相通。亭后筑土垒石，杂树丛生；其他大多数是空地，楼阁都已经倾倒颓败了。客居没有什么事情，有时吟咏，有时长啸，有时出游，有时聚谈。年底时虽然盘缠不能接济，但是上下都很和谐，抵押衣服买酒，并且安排了锣鼓来敲。每晚必喝酒，每次喝酒必行酒令。窘困时即便是四两烧酒，也必定大施酒令。

遇到姓蔡的同乡，蔡子琴和他叙宗系，竟然是他同族兄弟的儿子。请他做向导游览名胜，到了府学前面的曲江楼。昔日张九龄担任长史时，在楼上赋诗。朱熹也有诗说：“相思欲回首，但上曲江楼。”城上又有雄楚楼，五代时高氏所建，规模雄峻，极目远眺，可以看到数百里。绕城傍水，都种植了垂杨，小舟荡着船桨往来，颇有画意。荆州府署就是关羽帅府，仪门内有青石断马槽，相传就是赤兔马的食槽。在城西的小湖上寻访罗含的宅子，没有找到。又在城北寻访宋玉的故宅。昔日庾信遭遇侯景之乱，归隐江陵，住在宋玉的故宅中，接着被改成酒家，现在已经认不了。

游潼关

这一年除夕，雪后极其寒冷。新年正月，没有贺年的烦扰，每天只是以燃纸炮、放纸鸢、扎纸灯为乐。不久风传花信，雨濯春尘，琢堂的诸位姬妾带着她们年幼的女儿、儿子，顺着川流而下。敦夫于是重新整理行囊，结伴走了。从樊城上岸，直赴潼关。

从河南阌乡县向西出函谷关，有“紫气东来”四字，就是老子乘青牛经过的地方。

道路夹在两山之间，只能容得下两匹马并行。前面大约十里就是潼关，左边背靠峭壁，右边临近黄河，潼关在山河之间卡住咽喉建起，重楼垒垛，极其雄伟险峻。但是车马寂静，人烟稀少。韩愈的诗说：“日照潼关四扇开。”大概也是说它冷清吧？

城中在观察使之下，仅有一个别驾。道署紧靠北城，后面有园圃，横长大约三亩。东西开凿两个池子，水从西南墙外进来，东流到两池中间，支流分为三道：一道向南到大厨房，用来作为日常使用；一道向东进入东池；一道向北转向西，从石螭的口中喷入西池，绕到西北，设闸泄泻，从城脚转向北，穿过水道出来，直入黄河。日夜循环流动，让人的耳朵十分清透。竹树荫浓，抬头看不到天空。西池中有亭子，藕花环绕左右。

东边有面南的三间书房，庭院有葡萄架，下设方石，可以对弈也可以小饮，除此之

外都是菊畦。西边有面朝东的三间轩屋，坐在其中可以听到流水的声音。轩屋南面有小门可以通往内室。轩屋北窗下另外凿了一个小池，池子北面有小庙，用来祭祀花神。园的正中建了一座三层楼，紧靠北城，高度与城相齐，俯视城外，就是黄河。黄河的北面，群山如屏风环列，已经属于山西的地界了。真是盛大的景象啊！

我住在园子南面，房屋像船的样式，庭院有土山，上方有小亭子，登上亭子可观览园中概貌。绿荫四面围拢，夏天没有暑气。琢堂为我颜写书斋名叫“不系之舟”。这是我幕游以来最好的居室。土山之间，种植数十种菊花，可惜还没等到含苞，琢堂却调任山左廉访了。因为眷属移住到潼川书院，我也跟着到书院居住了。

游华阴庙

琢堂先去赴任，我和子琴、芝堂等人没有什么事情，就出去游玩。骑马到华阴庙，过华封路，就是尧时三祝的地方。庙内有很多秦槐汉柏，大可三四抱，有槐中抱柏生长的，有柏中抱槐生长的。殿廷古碑很多，殿内有陈希夷写的“福”“寿”二字。华山脚下有玉泉院，就是希夷先生成仙的地方。有石洞像斗室，在石床上塑了先生的卧像。这个地方水净沙明，草大多是红色，泉流十分迅急，有修竹环绕。洞外有一座方亭，匾额写着“无忧亭”。旁边有三株古树，纹理像开裂的炭，叶子像槐树叶但是颜色较深，不知道它的名字，当地人就叫它“无忧树”。华山之高不知道有几千仞，可惜没能带着吃的攀登。回来的路上看到树上的柿子正黄，顺手在马上摘着吃了。当地人喊着阻止我，我不听，咀嚼柿子十分苦涩，急忙吐出来。下马寻找泉水漱口，才能说话，当地人大笑。原来柿子必须摘下来煮沸，才能蜕去它的苦涩，我不知道。

游山东

十月初，琢堂从山东派专人来接眷属。于是离开潼关，从河南进入山东。

山东济南府城内，西有大明湖，湖中有历下亭、水香亭等胜景。夏天柳荫浓处，荷花的香气飘来，带着酒坐船游玩，特别有幽雅的趣味。我冬天去看时，只见柳衰烟寒，茫茫的水面罢了。趵突泉为济南七十二泉之冠，泉分为三眼，从地底怒涌突起，势如沸腾。凡是泉水都从上往下，只有这个从下往上，也是一大奇观。池上有楼，供奉吕祖像，游玩的人大多在这里品茶。

第二年二月，我在莱阳做幕宾。到嘉庆丁卯年（1807）秋，琢堂被贬为翰林，我也进入京都。所谓登州的海市蜃楼，竟然没有办法见到。

浮生六记

原文

卷一　闺房记乐

余生乾隆癸未冬十一月二十有二日[①]，正值太平盛世，且在衣冠之家[②]，居苏州沧浪亭畔。天之厚我，可谓至矣。东坡云："事如春梦了无痕。"苟不记之笔墨，未免有辜彼苍之厚。因思《关雎》冠三百篇之首[③]，故列夫妇于首卷，余以次递及焉。所愧少年失学，稍识"之无"，不过记其实情实事而已。若必考订其文法，是责明于垢鉴矣[④]。

余幼聘金沙于氏，八龄而夭。娶陈氏。陈名芸，字淑珍，舅氏心余先生女也。生而颖慧，学语时，口授《琵琶行》，即能成诵。四龄失怙[⑤]，母金氏，弟克昌，家徒壁立。芸既长，娴女红[⑥]，三口仰其十指供给，克昌从师，修脯无缺[⑦]。一日，于书簏中得《琵琶行》，挨字而认，始识字。刺绣之暇，渐通吟咏，有"秋侵人影瘦，霜染菊花肥"之句。

余年十三，随母归宁[⑧]，两小无嫌，得见所作，虽叹其才思隽秀，窃恐其福泽不深，然心注不能释，告母曰："若为儿择妇，非淑姊不娶。"母亦爱其柔和，即脱金约指[⑨]缔姻焉。此乾隆乙未七月十六日也。

是年冬，值其堂姊出阁[⑩]，余又随母往。芸与余同齿而长余十月，自幼姊弟

---

①乾隆癸未：公元 1763 年。②衣冠之家：指当官的人家。③三百篇：指《诗经》。④垢鉴：有尘垢的镜子。⑤失怙：失去父亲。⑥女红（gōng）：指女子所从事的编织、刺绣等工作。⑦修脯：干肉，古代的作为敬师之礼，这里代指学费。⑧归宁：女子出嫁后回娘家。⑨金约指：金戒指。⑩出阁：指女子出嫁。

相呼，故仍呼之曰淑姊。时但见满室鲜衣，芸独通体素淡，仅新其鞋而已。见其绣制精巧，询为己作，始知其慧心不仅在笔墨也。其形削肩长项，瘦不露骨，眉弯目秀，顾盼神飞，唯两齿微露，似非佳相。一种缠绵之态，令人之意也消。索观诗稿，有仅一联，或三四句，多未成篇者。询其故，笑曰："无师之作，愿得知己堪师者敲成之耳。"余戏题其签曰"锦囊佳句"。不知夭寿之机[①]，此已伏矣。

是夜，送亲城外，返已漏三下[②]，腹饥索饵，婢妪以枣脯进，余嫌其甜。芸暗牵余袖，随至其室，见藏有暖粥并小菜焉，余欣然举箸。忽闻芸堂兄玉衡呼曰："淑妹速来！"芸急闭门曰："已疲乏，将卧矣。"玉衡挤身而入，见余将吃粥，乃笑睨芸曰[③]："顷我索粥，汝曰'尽矣'，乃藏此专待汝婿耶？"芸大窘避去，上下哗笑之。余亦负气，挈老仆先归。

自吃粥被嘲，再往，芸即避匿，余知其恐贻人笑也。

至乾隆庚子正月二十二日花烛之夕，见瘦怯身材依然如昔，头巾既揭，相视嫣然。合卺后[④]，并肩夜膳，余暗于案下握其腕，暖尖滑腻，胸中不觉怦怦作跳。让之食，适逢斋期，已数年矣。暗计吃斋之初，正余出痘之期，因笑谓曰："今我光鲜无恙，姊可从此开戒否？"芸笑之以目，点之以首。

廿四日为余姊于归[⑤]，廿三国忌不能作乐，故廿二之夜即为余姊款嫁。芸出堂陪宴，余在洞房与伴娘对酌，拇战辄北[⑥]，大醉而卧，醒则芸正晓妆未竟也。

是日，亲朋络绎，上灯后始作乐。

廿四子正[⑦]，余作新舅送嫁，丑末归来，业已灯残人静。悄然入室，伴妪盹于床下，芸卸妆尚未卧，高烧银烛，低垂粉颈，不知观何书而出神若此。因抚其肩曰："姊连日辛苦，何犹孜孜不倦耶？"芸忙回首起立曰："顷正欲卧，开橱得此书，不觉阅之忘倦。《西厢》之名，闻之熟矣，今始得见，真不愧才子之名，但未免形容尖薄耳。"余笑曰："唯其才子，笔墨方能尖薄。"伴妪在旁促卧，令

---

①夭寿：短寿。②漏：古代的计时器。③睨（nì）：斜着眼睛看。④合卺：成婚。⑤于归：出嫁。⑥拇战：猜拳。⑦子正：半夜十二点。

其闭门先去。遂与比肩调笑，恍同密友重逢。戏探其怀，亦怦怦作跳，因俯其耳曰：“姊何心舂乃尔耶[①]？”芸回眸微笑。便觉一缕情丝摇人魂魄，拥之入帐，不知东方之既白。

芸作新妇，初甚缄默，终日无怒容，与之言，微笑而已。事上以敬，处下以和，井井然未尝稍失。每见朝暾上窗[②]，即披衣急起，如有人呼促者然。余笑曰：“今非吃粥比矣，何尚畏人嘲耶？”芸曰：“曩之藏粥待君[③]，传为话柄；今非畏嘲，恐堂上道新娘懒惰耳[④]。”余虽恋其卧而德其正，因亦随之早起。自此耳鬓相磨，亲同形影，爱恋之情，有不可以言语形容者。

而欢娱易过，转睫弥月。时吾父稼夫公在会稽幕府[⑤]，专役相迓[⑥]，受业于武林赵省斋先生门下。先生循循善诱，余今日之尚能握管[⑦]，先生力也。归来完姻时，原订随侍到馆，闻信之余，心甚怅然，恐芸之对人堕泪。而芸反强颜劝勉，代整行装。是晚，但觉神色稍异而已。临行，向余小语曰：“无人调护，自去经心。”

及登舟解缆，正当桃李争妍之候，而余则恍同林鸟失群，天地异色！

到馆后，吾父即渡江东去。居三月，如十年之隔。芸虽时有书来，必两问一答，半多勉励词，余皆浮套语，心殊怏怏[⑧]。每当风生竹院，月上蕉窗，对景怀人，梦魂颠倒。先生知其情，即致书吾父，出十题而遣余暂归，喜同戍人得赦。

登舟后，反觉一刻如年。及抵家，吾母处问安毕，入房，芸起相迎，握手未通片语，而两人魂魄恍恍然化烟成雾，觉耳中惺然一响，不知更有此身矣。

时当六月，内室炎蒸，幸居沧浪亭爱莲居西间壁，板桥内一轩临流，名曰“我取轩”，取“清斯濯缨，浊斯濯足”意也。檐前老树一株，浓阴覆窗，人面俱绿。隔岸游人往来不绝，此吾父稼夫公垂帘宴客处也。禀命吾母，携芸消夏于此。因暑罢绣，终日伴余课书论古，品月评花而已。芸不善饮，强之可三杯，教以射覆[⑨]为令。自以为人间之乐，无过于此矣。

---

①舂：这里形容心跳剧烈，如同捣米。②暾：初阳。③曩：从前。④堂上：指父母。⑤会稽：今浙江绍兴。⑥迓：迎接。⑦握管：执笔写作。⑧怏怏：不快乐的样子。⑨射覆：古代的酒令游戏。

一日，芸问曰："各种古文，宗何为是？"

余曰："《国策》《南华》取其灵快，匡衡、刘向取其雅健，史迁、班固取其博大，昌黎取其浑，柳州取其峭，庐陵取其宕，三苏取其辩，他若贾、董策对，庾、徐骈体，陆贽奏议，取资者不能尽举，在人之慧心领会耳。"

芸曰："古文全在识高气雄，女子学之恐难入彀[①]，唯诗之一道，妾稍有领悟耳。"

余曰："唐以诗取士，而诗之宗匠必推李、杜，卿爱宗何人？"

芸发议曰："杜诗锤炼精纯，李诗潇洒落拓。与其学杜之森严，不如学李之活泼。"

余曰："工部为诗家之大成，学者多宗之，卿独取李，何也？"

芸曰："格律谨严，词旨老当，诚杜所独擅。但李诗宛如姑射仙子[②]，有一种落花流水之趣，令人可爱。非杜亚于李，不过妾之私心宗杜心浅，爱李心深。"

余笑曰："初不料陈淑珍乃李青莲知己。"芸笑曰："妾尚有启蒙师白乐天先生，时感于怀，未尝稍释。"余曰："何谓也？"芸曰："彼非作《琵琶行》者耶？"

余笑曰："异哉！李太白是知己，白乐天是启蒙师，余适字'三白'，为卿婿，卿与'白'字何其有缘耶？"

芸笑曰："'白'字有缘，将来恐白字连篇耳（吴音呼别字为白字）。"相与大笑。

余曰："卿既知诗，亦当知赋之弃取。"芸曰："《楚辞》为赋之祖，妾学浅费解。就汉、晋人中调高语炼，似觉相如为最。"

余戏曰："当日文君之从长卿[③]，或不在琴而在此乎？"

复相与大笑而罢。

余性爽直，落拓不羁；芸若腐儒，迂拘多礼。偶为披衣整袖，必连声道"得罪"；或递巾授扇，必起身来接。余始厌之，曰："卿欲以礼缚我耶？语曰：'礼多必

①入彀（gòu）：这里比喻达到一定水平。②姑射仙子：典出《庄子·逍遥游》。这里形容女子的美貌。③文君：卓文君。为西汉成都富豪卓王孙女，与著名的辞赋作家司马相如私奔。

诈’。”芸两颊发赤，曰：“恭而有礼，何反言诈？”余曰：“恭敬在心，不在虚文。”

芸曰：“至亲莫如父母，可内敬在心而外肆狂放耶？”余曰：“前言戏之耳。”芸曰：“世间反目，多由戏起，后勿冤妾，令人郁死。”余乃挽之入怀，抚慰之，始解颜为笑。自此“岂敢”“得罪”竟成语助词矣。

鸿案相庄，廿有三年[①]，年愈久而情愈密。家庭之内，或暗室相逢，窄途邂逅，必握手问曰：“何处去？”私心忒忒[②]，如恐旁人见之者。实则同行并坐，初犹避人，久则不以为意。芸或与人坐谈，见余至，必起立偏挪其身，余就而并焉，彼此皆不觉其所以然者，始以为惭，继成不期然而然。独怪老年夫妇相视如仇者，不知何意？或曰：“非如是，焉得白头偕老哉？”斯言诚然欤？

是年七夕，芸设香烛瓜果，同拜天孙于我取轩中[③]。余镌“愿生生世世为夫妇”图章二方，余执朱文，芸执白文，以为往来书信之用。是夜，月色颇佳，俯视河中，波光如练，轻罗小扇，并坐水窗，仰见飞云过天，变态万状。

芸曰：“宇宙之大，同此一月，不知今日世间，亦有如我两人之情兴否？”

余曰：“纳凉玩月，到处有之。若品论云霞，或求之幽闺绣闼[④]，慧心默证者，固亦不少[⑤]。若夫妇同观，所品论者，恐不在此云霞耳。”未几，烛烬月沉，撤果归卧。

七月望[⑥]，俗谓之“鬼节”。芸备小酌，拟邀月畅饮。夜忽阴云如晦，芸愀然曰：“妾能与君白头偕老，月轮当出。”余亦索然。但见隔岸萤光，明灭万点，梳织于柳堤蓼渚间。余与芸联句，以遣闷怀，而两韵之后，逾联逾纵，想入非夷[⑦]，随口乱道。芸已漱涎涕泪，笑倒余怀，不能成声矣。觉其鬓边茉莉浓香扑鼻，因拍其背，以他词解之曰：“想古人以茉莉形色如珠，故供助妆压鬓，不知此花必沾油头粉面之气，其香更可爱，所供佛手当退三舍矣[⑧]。”芸乃止笑曰：“佛手乃香中君子，只在有意无意间；茉莉是香中小人，故须借人之势，其香也如胁肩谄笑[⑨]。”余

---

①鸿案相庄：用梁鸿举案齐眉的典故。相庄，相敬的意思。②忒忒：心里忐忑。③天孙：指织女星。④绣闼：这里指女子的闺房。⑤默证：默默地体悟。⑥望：农历每月十五。⑦非夷：匪夷所思。⑧佛手：佛手柑。⑨胁肩谄笑：耸着双肩谄媚地笑。

曰："卿何远君子而近小人？"芸曰："我笑君子爱小人耳。"

正话间，漏已三滴，渐见风扫云开，一轮涌出，乃大喜。倚窗对酌，酒未三杯，忽闻桥下哄然一声，如有人堕。就窗细瞩，波明如镜，不见一物，惟闻河滩有只鸭急奔声。余知沧浪亭畔素有溺鬼，恐芸胆怯，未敢即言。芸曰："噫！此声也，胡为乎来哉？"不禁毛骨皆栗。急闭窗，携酒归房。一灯如豆，罗帐低垂，弓影杯蛇①，惊神未定。剔灯入帐，芸已寒热大作。余亦继之，困顿两旬。真所谓乐极灾生，亦是白头不终之兆。

中秋日，余病初愈。以芸半年新妇，未尝一至间壁之沧浪亭，先令老仆约守者，勿放闲人。于将晚时，偕芸及余幼妹，一妪一婢扶焉，老仆前导，过石桥，进门折东，曲径而入。叠石成山，林木葱翠。亭在土山之巅，循级至亭心，周望极目可数里，炊烟四起，晚霞烂然。隔岸名"近山林"，为大宪行台宴集之地，时正谊书院犹未启也。携一毯设亭中，席地环坐，守者烹茶以进。

少焉，一轮明月已上林梢，渐觉风生袖底，月到波心，俗虑尘怀，爽然顿释。芸曰："今日之游乐矣，若驾一叶扁舟，往来亭下，不更快哉！"

时已上灯，忆及七月十五夜之惊，相扶下亭而归。吴俗，妇女是晚不拘大家小户皆出，结队而游，名曰"走月亮"。沧浪亭幽雅清旷，反无一人至者。

吾父稼夫公喜认义子，以故余异姓弟兄有二十六人。吾母亦有义女九人，九人中王二姑、俞六姑与芸最和好。王痴憨善饮，俞豪爽善谈。每集，必逐余居外，而得三女同榻，此俞六姑一人计也。余笑曰："俟妹于归后，我当邀妹丈来，一住必十日。"俞曰："我亦来此，与嫂同榻，不大妙耶？"芸与王微笑而已。

时为吾弟启堂娶妇，迁居饮马桥之仓米巷，屋虽宏畅，非复沧浪亭之幽雅矣。

吾母诞辰演剧，芸初以为奇观。吾父素无忌讳，点演《惨别》等剧，老伶刻画，见者情动。余窥帘见芸忽起去，良久不出，入内探之，俞与王亦继至。见芸一人支颐独坐镜奁之侧②，余曰："何不快乃尔？"芸曰："观剧原以陶情，今日

①弓影杯蛇：杯弓蛇影，即疑神疑鬼的意思。②支颐：手托腮帮。

之戏徒令人断肠耳。”俞与王皆笑之。余曰：“此深于情者也。”俞曰：“嫂将竟日独坐于此耶？”芸曰：“俟有可观者再往耳。”王闻言先出，请吾母点《刺梁》《后索》等剧，劝芸出观，始称快。

余堂伯父素存公早亡，无后，吾父以余嗣焉[①]。墓在西跨塘福寿山祖茔之侧，每年春日，必挈芸拜扫。王二姑闻其地有戈园之胜，请同往。芸见地下小乱石有苔纹，斑驳可观，指示余曰：“以此叠盆山，较宣州白石为古致。”余曰：“若此者，恐难多得。”王曰：“嫂果爱此，我为拾之。”即向守坟者借麻袋一，鹤步而拾之，每得一块，余曰“善”，即收之；余曰“否”，即去之。未几，粉汗盈盈，拽袋返曰：“再拾则力不胜矣。”芸且拣且言曰：“我闻山果收获，必借猴力，果然。”王愤撮十指作哈痒状，余横阻之，责芸曰：“人劳汝逸，犹作此语，无怪妹之动愤也。”

归途游戈园，稚绿娇红，争妍竞媚。王素憨，逢花必折，芸叱曰：“既无瓶养，又不簪戴，多折何为？”王曰：“不知痛痒者，何害？”余笑曰：“将来罚嫁麻面多须郎，为花泄忿。”王怒余以目，掷花于地，以莲钩拨入池中[②]，曰：“何欺侮我之甚也！”芸笑解之而罢。

芸初缄默，喜听余议论。余调其言[③]，如蟋蟀之用纤草，渐能发议。

其每日饭必用茶泡，喜食芥卤乳腐，吴俗呼为“臭乳腐”，又喜食虾卤瓜。此二物余生平所最恶者，因戏之曰：“狗无胃而食粪，以其不知臭秽；蜣螂团粪而化蝉，以其欲修高举也。卿其狗耶？蝉耶？”芸曰：“腐取其价廉而可粥可饭，幼时食惯，今至君家，已如蜣螂化蝉，犹喜食之者，不忘本也。至卤瓜之味，到此初尝耳。”余曰：“然则我家系狗窦耶[④]？”芸窘而强解曰：“夫粪，人家皆有之，要在食与不食之别耳。然君喜食蒜，妾亦强啖之[⑤]。腐不敢强，瓜可掩鼻略尝，入咽当知其美，此犹无盐貌丑而德美也[⑥]。”余笑曰：“卿陷我作狗耶？”芸曰：“妾作狗久矣，屈君试尝之。”以箸强塞余口。余掩鼻咀嚼之，似觉脆美，开

---

①嗣：过继。②莲钩：指女子所缠的小脚，形状如钩。③调其言：引逗对方说话。④狗窦：狗洞。⑤啖：吃。⑥无盐：战国时齐国丑女钟离春，曾自谒齐宣王，被纳为后。

鼻再嚼，竟成异味，从此亦喜食。芸以麻油加白糖少许拌卤腐，亦鲜美；以卤瓜捣烂拌卤腐，名之曰“双鲜酱”，有异味。余曰：“始恶而终好之，理之不可解也。”芸曰：“情之所钟，虽丑不嫌。”

余启堂弟妇，王虚舟先生孙女也。催妆时偶缺珠花[①]，芸出其纳采所受者呈吾母[②]。婢妪旁惜之，芸曰：“凡为妇人，已属纯阴，珠乃纯阴之精，用为首饰，阳气全克矣，何贵焉？”而于破书残画反极珍惜。书之残缺不全者，必搜集分门，汇订成帙，统名之曰“断简残编”；字画之破损者，必觅故纸，粘补成幅，有破缺处，倩余全好而卷之，名曰“弃余集赏”。于女红、中馈之暇[③]，终日琐琐，不惮烦倦。芸于破笥烂卷中[④]，偶获片纸可观者，如得异宝。旧邻冯妪每收乱卷卖之。

其癖好与余同，且能察眼意，懂眉语，一举一动，示之以色，无不头头是道。

余尝曰：“惜卿雌而伏，苟能化女为男，相与访名山，搜胜迹，遨游天下，不亦快哉！”

芸曰：“此何难，俟妾鬓斑之后[⑤]，虽不能远游五岳，而近地之虎阜、灵岩，南至西湖，北至平山，尽可偕游。”

余曰：“恐卿鬓斑之日，步履已艰。”

芸曰：“今世不能，期以来世。”

余曰：“来世卿当作男，我为女子相从。”

芸曰：“必得不昧今生[⑥]，方觉有情趣。”

余笑曰：“幼时一粥，犹谈不了，若来世不昧今生，合卺之夕，细谈隔世，更无合眼时矣。”

芸曰：“世传月下老人专司人间婚姻事，今生夫妇已承牵合，来世姻缘，亦须仰藉神力，盍绘一像祀之[⑦]？”

时有苕溪戚柳堤名遵，善写人物。倩绘一像：一手挽红丝，一手携杖，悬

①催妆：古时婚俗，女子出嫁时，要经男方多次催促，方才梳妆起行，以示不忘娘家。②纳采：指订婚时男方向女方送聘礼。③中馈：指妇女在家操持饮食之事。④笥（sì）：筐子。⑤鬓斑：指人上岁数。⑥不昧今生：不忘却今世的一切。⑦盍：何不。

姻缘簿，童颜鹤发，奔驰于非烟非雾中。此戚君得意笔也。友人石琢堂为题赞语于首[①]，悬之内室。每逢朔望，余夫妇必焚香拜祷。后因家庭多故，此画竟失所在，不知落在谁家矣。“他生未卜此生休”，两人痴情果邀神鉴耶[②]？

迁仓米巷，余颜其卧楼曰“宾香阁”[③]，盖以芸名而取如宾意也。院窄墙高，一无可取。后有厢楼，通藏书处，开窗对陆氏废园，但有荒凉之象。沧浪风景，时切芸怀[④]。

有老妪居金母桥之东，埂巷之北。绕屋皆菜圃，编篱为门，门外有池，约亩许，花光树影，错杂篱边，其地即元末张士诚王府废基也。屋西数武[⑤]，瓦砾堆成土山，登其巅可远眺，地旷人稀，颇饶野趣。妪偶言及，芸神往不置[⑥]，谓余曰：“自别沧浪，梦魂常绕，今不得已而思其次，其老妪之居乎？”余曰：“连朝秋暑灼人，正思得一清凉地以消长昼，卿若愿往，我先观其家可居，即襆被而往[⑦]，作一月盘桓，何如[⑧]？”芸曰：“恐堂上不许。”余曰：“我自请之。”越日，至其地[⑨]，屋仅二间，前后隔而为四，纸窗竹榻，颇有幽趣。老妪知余意，欣然出其卧室为赁，四壁糊以白纸，顿觉改观。于是禀知吾母，挈芸居焉。

邻仅老夫妇二人，灌园为业[⑩]。知余夫妇避暑于此，先来通殷勤，并钓池鱼、摘园蔬为馈。偿其价，不受，芸作鞋报之，始谢而受。

时方七月，绿树阴浓，水面风来，蝉鸣聒耳。邻老又为制鱼竿，与芸垂钓于柳阴深处。日落时，登土山，观晚霞夕照，随意联吟，有“兽云吞落日，弓月弹流星”之句。少焉，月印池中，虫声四起，设竹榻于篱下，老妪报酒温饭熟，遂就月光对酌，微醺而饭。浴罢，则凉鞋蕉扇，或坐或卧，听邻老谈因果报应事。三鼓归卧，周体清凉，几不知身居城市矣。篱边倩邻老购菊，遍植之。九月花开，又与芸居十日。吾母亦欣然来观，持螯对菊[⑪]，赏玩竟日。芸喜曰：“他年当与君卜筑于此[⑫]，买

①石琢堂：名韫玉，字执如，琢堂为其号。江苏吴江人。乾隆五十五年状元及第。曾任山 东按察使，后罢归。主持苏州紫阳书院二十余年。著有杂剧《花间九奏》，根据《红楼梦》改编过戏曲《红楼梦传奇》。②鉴：见证。③颜：指在匾额上题字。④切：契合。⑤武：量词。古代以半步为一武。⑥不置：这里指不能放弃。⑦襆被：这里指收拾行装。⑧盘桓：停留。⑨越日：过了一天。⑩灌园：这里指种菜。⑪螯：指螃蟹的脚。⑫卜筑：择地建屋。

绕屋菜园十亩，课仆妪植瓜蔬，以供薪水。君画我绣，以为持酒之需。布衣菜饭，可乐终身，不必作远游计也。”余深然之。今即得有境地，而知己沦亡，可胜浩叹！

离余家半里许，醋库巷有洞庭君祠，俗呼“水仙庙”。回廊曲折，小有园亭。每逢神诞，众姓各认一落，密悬一式之玻璃灯，中设宝座，旁列瓶几，插花陈设，以较胜负。日惟演戏，夜则参差高下，插烛于瓶花间，名曰“花照”。花光灯影，宝鼎香浮，若龙宫夜宴。司事者或笙箫歌唱，或煮茗清谈，观者如蚁集，檐下皆设栏为限。余为众友邀去，插花布置，因得躬逢其盛。

归家向芸艳称之，芸曰：“惜妾非男子，不能往。”余曰：“冠我冠，衣我衣，亦化女为男之法也。”于是易髻为辫，添扫蛾眉；加余冠，微露两鬓，尚可掩饰；服余衣，长一寸又半，于腰间折而缝之，外加马褂。芸曰：“脚下将奈何？”余曰：“坊间有蝴蝶履，大小由之，购亦极易，且早晚可代撒鞋之用[①]，不亦善乎？”芸欣然。

及晚餐后，装束既毕，效男子拱手阔步者良久，忽变卦曰：“妾不去矣，为人识出既不便，堂上闻之又不可。”余怂恿曰：“庙中司事者谁不知我，即识出，亦不过付之一笑耳。吾母现在九妹丈家，密去密来，焉得知之。”

芸揽镜自照，狂笑不已。余强挽之，悄然径去。遍游庙中，无识出为女子者。或问何人，以表弟对，拱手而已。最后至一处，有少妇、幼女坐于所设宝座后，乃杨姓司事者之眷属也。芸忽趋彼通款曲[②]，身一侧，而不觉一按少妇之肩，旁有婢媪怒而起曰：“何物狂生，不法乃尔！”余欲为措词掩饰，芸见势恶，即脱帽翘足示之曰：“我亦女子耳。”相与愕然，转怒为欢，留茶点，唤肩舆送归[③]。

吴江钱师竹病故，吾父信归，命余往吊。芸私谓余曰：“吴江必经太湖，妾欲偕往，一宽眼界。”余曰：“正虑独行踽踽，得卿同行，固妙，但无可托词耳。”芸曰：“托言归宁。君先登舟，妾当继至。”余曰：“若然[④]，归途当泊舟万年桥下，与卿待月乘凉，以续沧浪韵事。”时六月十八日也。

是日早凉，携一仆先至胥江渡口，登舟而待，芸果肩舆至。解维出虎啸桥[⑤]，

---

①撒鞋：即拖鞋。②通款曲：这里指打招呼。③肩舆：轿子。④若然：如果这样。⑤解维：解开系船的缆绳，即开船的意思。

渐见风帆沙鸟，水天一色。芸曰：“此即所谓太湖耶？今得见天地之宽，不虚此生矣。想闺中人有终身不能见此者。”闲话未几，风摇岸柳，已抵江城。

余登岸拜奠毕，归视舟中洞然，急询舟子。舟子指曰：“不见长桥柳阴下，观鱼鹰捕鱼者乎？”盖芸已与船家女登岸矣。余至其后，芸犹粉汗盈盈，倚女而出神焉。余拍其肩曰：“罗衫汗透矣。”芸回首曰：“恐钱家有人到舟，故暂避之。君何回来之速也？”余笑曰：“欲捕逃耳[①]。”于是相挽登舟，返棹至万年桥下，阳乌犹未落也[②]。舟窗尽落，清风徐来，纨扇罗衫，剖瓜解暑。少焉，霞映桥红，烟笼柳暗，银蟾欲上[③]，渔火满江矣。

命仆至船梢与舟子同饮。船家女名素云，与余有杯酒交，人颇不俗，招之与芸同坐。船头不张灯火，待月快酌，射覆为令。素云双目闪闪，听良久，曰：“觞政依颇娴习[④]，从未闻有斯令，愿受教。”芸即譬其言而开导之，终茫然。余笑曰：“女先生且罢论，我有一言作譬，即了然矣。”芸曰：“君若何譬之？”余曰：“鹤善舞而不能耕，牛善耕而不能舞，物性然也。先生欲反而教之，无乃劳乎？”素云笑捶余肩曰：“汝骂我耶！”芸出令曰；“只许动口，不许动手。违者罚大觥[⑤]。”素云量豪，满斟一觥，一吸而尽。余曰：“动手但准摸索，不准捶人。”芸笑挽素云置余怀，曰：“请君摸索畅怀。”余笑曰：“卿非解人，摸索在有意无意间耳，拥而狂探，田舍郎之所为也。”

时四鬓所簪茉莉，为酒气所蒸，杂以粉汗油香，芳馨透鼻。余戏曰：“小人臭味充满船头，令人作恶。”素云不禁握拳连捶曰：“谁教汝狂嗅耶？”芸呼曰：“违令，罚两大觥！”素云曰：“彼又以小人骂我，不应捶耶？”芸曰：“彼之所谓小人，盖有故也。请干此，当告汝。”素云乃连尽两觥，芸乃告以沧浪旧居乘凉事。素云曰：“若然，真错怪矣，当再罚。”又干一觥。

芸曰：“久闻素娘善歌，可一聆妙音否？”素即以象箸击小碟而歌。芸欣然畅饮，不觉酩酊，乃乘舆先归。余又与素云茶话片刻，步月而回。

①捕逃：追逮逃犯。这里是玩笑话。②阳乌：这里指太阳。③银蟾：指月亮。④觞政：指宴席上喝酒的规矩。⑤觥：古代一种酒杯。

时余寄居友人鲁半舫家萧爽楼中。越数日，鲁夫人误有所闻，私告芸曰："前日闻若婿挟两妓饮于万年桥舟中，子知之否？"芸曰："有之，其一即我也。"因以偕游始末详告之，鲁大笑，释然而去。

乾隆甲寅七月，亲自粤东归。有同伴携妾回者，曰徐秀峰，余之表妹婿也。艳称新人之美，邀芸往观。芸他日谓秀峰曰："美则美矣，韵犹未也。"秀峰曰："然则若郎纳妾[①]，必美而韵者乎？"芸曰："然。"从此痴心物色，而短于资[②]。

时有浙妓温冷香者，寓于吴，有咏柳絮四律，沸传吴下，好事者多和之。余友吴江张闲憨素赏冷香，携柳絮诗索和。芸微其人而置之[③]，余技痒而和其韵，中有"触我春愁偏婉转，撩他离绪更缠绵"之句，芸甚击节[④]。

明年乙卯秋八月五日，吾母将挈芸游虎丘，闲憨忽至曰："余亦有虎丘之游，今日特邀君作探花使者。"因请吾母先行，期于虎丘半塘相晤，拉余至冷香寓。见冷香已半老，有女名憨园，瓜期未破[⑤]，亭亭玉立，真"一泓秋水照人寒"者也。款接间[⑥]，颇知文墨。有妹文园，尚雏。余此时初无痴想，且念一杯之叙，非寒士所能酬[⑦]，而既入个中，私心忐忑，强为酬答。因私谓闲憨曰："余贫士也，子以尤物玩我乎？"闲憨笑曰："非也，今日有友人邀憨园答我，席主为尊客拉去，我代客转邀客，毋烦他虑也。"余始释然。

至半塘，两舟相遇，令憨园过舟叩见吾母。芸、憨相见，欢同旧识，携手登山，备览名胜。芸独爱千顷云高旷，坐赏良久。返至野芳滨，畅饮甚欢，并舟而泊。及解维，芸谓余曰："子陪张君，留憨陪妾，可乎？"余诺之。返棹至都亭桥，始过船分袂。归家已三鼓。

芸曰："今日得见美而韵者矣，顷已约憨园明日过我，当为子图之[⑧]。"

余骇曰："此非金屋不能贮[⑨]，穷措大岂敢生此妄想哉[⑩]？况我两人伉俪正笃，何必外求？"

---

①若郎：你的郎君。②短于资：缺少钱。③微：看不起。④击节：这里指欣赏的意思。⑤瓜期：指女子满十六岁。未破：尚未成婚。⑥款接：交往、相处。⑦酬：负担。⑧图：想办法。⑨非金屋不能贮：用金屋藏娇的典故。⑩穷措大：穷书生。措大，亦作醋大，指酸腐的读书人。

芸笑曰："我自爱之，子姑待之。"

明午，憨果至。芸殷勤款接，筵中以猜枚赢吟输饮为令，终席无一罗致语[①]。及憨园归，芸曰："顷又与密约，十八日来此，结为姊妹，子宜备牲牢以待[②]。"笑指臂上翡翠钏曰："若见此钏属于憨，事必谐矣，顷已吐意，未深结其心也。"余姑听之。

十八日，大雨，憨竟冒雨至。入室良久，始挽手出，见余有羞色，盖翡翠钏已在憨臂矣。焚香结盟后，拟再续前饮，适憨有石湖之游，即别去。芸欣然告余曰："丽人已得，君何以谢媒耶？"

余询其详，芸曰："向之秘言，恐憨意另有所属也，顷探之无他，语之曰：'妹知今日之意否？'憨曰：'蒙夫人抬举，真蓬蒿倚玉树也，但吾母望我奢[③]，恐难自主耳，愿彼此缓图之。'脱钏上臂时，又语之曰：'玉取其坚，且有团栾不断之意，妹试宠之，以为先兆。'憨曰：'聚合之权，总在夫人也。'即此观之，憨心已得，所难必者，冷香耳，当再图之。"余笑曰："卿将效笠翁之《怜香伴》耶？"芸曰："然。"自此无日不谈憨园矣。

后憨为有力者夺去，不果。芸竟以之死。

---

①罗致：招揽。②牲牢：这里指丰盛的菜肴。③望我奢：这里指希望用她赚很多的钱。

卷二 闲情记趣

余忆童稚时，能张目对日，明察秋毫。见藐小微物，必细察其纹理，故时有物外之趣。

夏蚊成雷[①]，私拟作群鹤舞空[②]。心之所向，则或千或百果然鹤也。昂首观之，项为之强[③]。又留蚊于素帐中，徐喷以烟，使其冲烟飞鸣，作青云白鹤观，果如鹤唳云端，怡然称快。

于土墙凹凸处、花台小草丛杂处，常蹲其身，使与台齐，定神细视，以丛草为林，以虫蚁为兽，以土砾凸者为丘，凹者为壑，神游其中，怡然自得。

一日，见二虫斗草间，观之正浓，忽有庞然大物拔山倒树而来，盖一癞蛤蟆也，舌一吐而二虫尽为所吞。余年幼，方出神，不觉呀然惊恐。神定，捉蛤蟆，鞭数十，驱之别院。年长思之，二虫之斗，盖图奸不从也。古语云"奸近杀"，虫亦然耶？贪此生涯，卵为蚯蚓所哈（吴俗呼阳曰"卵"）[④]，肿不能便，捉鸭开口哈之，婢妪偶释手，鸭颠其颈作吞噬状，惊而大哭，传为话柄。此皆幼时闲情也。

及长，爱花成癖，喜剪盆树。识张兰坡[⑤]，始精剪枝养节之法，继悟接花叠石之法。花以兰为最，取其幽香韵致也，而瓣品之稍堪入谱者不可多得[⑥]。兰坡

①夏蚊成雷：形容蚊子多，发声很大。②拟：比作。③项为之强：脖子发僵。④哈：哈气。⑤张兰坡：扬州人。为阮元姻侄，曾长期从其游。⑥瓣品：花瓣造型与品相。

临终时，赠余荷瓣素心春兰一盆，皆肩平心阔，茎细瓣净，可以入谱者，余珍如拱璧[①]。值余幕游于外，芸能亲为灌溉，花叶颇茂。不二年，一旦忽萎死，起根视之，皆白如玉，且兰芽勃然。初不可解，以为无福消受，浩叹而已。事后始悉有人欲分不允，故用滚汤灌杀也[②]。从此誓不植兰。

次取杜鹃，虽无香而色可久玩，且易剪裁。以芸惜枝怜叶，不忍畅剪，故难成树。其他盆玩皆然[③]。

惟每年篱东菊绽，秋兴成癖。喜摘插瓶，不爱盆玩。非盆玩不足观，以家无园圃，不能自植，货于市者，俱丛杂无致，故不取耳。

其插花朵，数宜单，不宜双。每瓶取一种，不取二色。瓶口取阔大，不取窄小，阔大者舒展不拘。自五七花至三四十花，必于瓶口中一丛怒起，以不散漫、不挤轧、不靠瓶口为妙，所谓“起把宜紧”也。或亭亭玉立，或飞舞横斜。花取参差，间以花蕊，以免飞钹耍盘之病[④]；叶取不乱，梗取不强[⑤]，用针宜藏，针长宁断之，毋令针针露梗，所谓“瓶口宜清”也。视桌之大小，一桌三瓶至七瓶而止，多则眉目不分，即同市井之菊屏矣。几之高低，自三四寸至二尺五六寸而止，必须参差高下，互相照应，以气势联络为上。若中高两低，后高前低，成排对列，又犯俗所谓锦灰堆矣。或密或疏，或进或出，全在会心者得画意乃可。

若盆、碗、盘、洗[⑥]，用漂青、松香、榆皮、面和油，先熬以稻灰，收成胶，以铜片按钉向上，将膏火化，粘铜片于盘、碗、盆、洗中。俟冷，将花用铁丝扎把，插于钉上，宜偏斜取势，不可居中，更宜枝疏叶清，不可拥挤。然后加水，用碗沙少许掩铜片，使观者疑丛花生于碗底方妙。

若以木本花果插瓶，剪裁之法（不能色色自觅，倩人攀折者，每不合意），必先执在手中，横斜以观其势，反侧以取其态。相定之后，剪去杂枝，以疏瘦古怪为

---

①拱璧：这里代指珍贵的宝贝。②滚汤：滚开的水。汤，开水。③盆玩：盆景。④飞钹耍盘：指因花朵向背无变化，高低杂乱无章法，像铙钹或盘子在上下翻飞一样。钹，铙钹，与盘皆比喻花朵。⑤强：僵直。⑥洗：清洗毛笔。

佳。再思其梗如何入瓶。或折或曲，插入瓶口，方免背叶侧花之患。若一枝到手，先拘定其梗之直者插瓶中，势必枝乱梗强，花侧叶背，既难取态，更无韵致矣。

折梗打曲之法，锯其梗之半而嵌以砖石，则直者曲矣。如患梗倒，敲一二钉以筦之[①]。即枫叶竹枝，乱草荆棘，均堪入选。或绿竹一竿，配以枸杞数粒，几茎细草筦伴以荆棘两枝，苟位置得宜，另有世外之趣。若新栽花木，不妨歪斜取势，听其盆侧，一年后枝叶自能向上，如树树直栽，即难取势矣。

至剪裁盆树，先取根露鸡爪者，左右剪成三节，然后起枝。一枝一节，七枝到顶，或九枝到顶。枝忌对节如肩臂，节忌臃肿如鹤膝。须盘旋出枝，不可光留左右，以避赤胸露背之病，又不可前后直出。有名“双起”“三起”者，一根而起两三树也。如根无爪形，便成插树，故不取。然一树剪成，至少得三四十年。余生平仅见吾乡万翁名彩章者，一生剪成数树。又在扬州商家见有虞山游客携送黄杨、翠柏各一盆，惜乎明珠暗投，余未见其可也。若留枝盘如宝塔，扎枝曲如蚯蚓者，便成匠气矣。

点缀盆中花石，小景可以入画，大景可以入神。一瓯清茗，神能趋入其中，方可供幽斋之玩。

种水仙无灵璧石[②]，余尝以炭之有石意者代之。黄芽菜心，其白如玉，取大小五七枝，用沙土植长方盘内，以炭代石，黑白分明，颇有意思。以此类推，幽趣无穷，难以枚举。如石菖蒲结子[③]，用冷米汤同嚼，喷炭上，置阴湿地，能长细菖蒲，随意移养盆碗中，茸茸可爱。以老莲子磨薄两头，入蛋壳，使鸡翼之，俟雏成取出，用久年燕巢泥加天门冬十分之二[④]，捣烂拌匀，植于小器中，灌以河水，晒以朝阳，花发大如酒杯，叶缩如碗口，亭亭可爱。

若夫园亭楼阁，套室回廊，叠石成山，栽花取势，又在大中见小，小中见大，虚中有实，实中有虚，或藏或露，或浅或深。不仅在“周回曲折”四字，又

①筦：约束，捆绑。②灵璧石：安徽灵璧县所产的一种石头，石质细润，多为黑色，叩之有声，古代曾用其制作石磬，故又称磬石、八音石。③石菖蒲：草名，叶细长。④天门冬：百合科植物，块根，可入药。

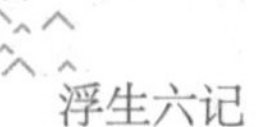

不在地广石多，徒烦工费。或掘地堆土成山，间以块石，杂以花草，篱用梅编，墙以藤引，则无山而成山矣。大中见小者，散漫处植易长之竹，编易茂之梅以屏之。小中见大者，窄院之墙宜凹凸其形，饰以绿色，引以藤蔓，嵌大石，凿字作碑记形，推窗如临石壁，便觉峻峭无穷。虚中有实者，或山穷水尽处，一折而豁然开朗；或轩阁设厨处，一开而通别院。实中有虚者，开门于不通之院，映以竹石，如有实无也；设矮栏于墙头，如上有月台而实虚也。

贫士屋少人多，当仿吾乡太平船后梢之位置，再加转移。其间台级为床，前后借凑，可作三榻，间以板而裱以纸，则前后上下皆越绝①，譬之如行长路，即不觉其窄矣。

余夫妇乔寓扬州时，曾仿此法，屋仅两椽②，上下卧室、厨灶、客座皆越绝而绰然有余。芸曾笑曰："位置虽精，终非富贵家气象也。"是诚然欤？

余扫墓山中，检有峦纹可观之石。归与芸商曰："用油灰叠宣州石于白石盆，取色匀也。本山黄石虽古朴，亦用油灰，则黄白相阅，凿痕毕露，将奈何？"芸曰："择石之顽劣者，捣末于灰痕处，乘湿糁之③，干或色同也。"乃如其言，用宜兴窑长方盆叠起一峰④，偏于左而凸于右，背作横方纹，如云林石法⑤，巉岩凹凸，若临江石矶状；虚一角，用河泥种千瓣白萍；石上植茑萝，俗呼"云松"。经营数日乃成。至深秋，茑萝蔓延满山，如藤萝之悬石壁，花开正红色，白萍亦透水大放，红白相间。神游其中，如登蓬岛。置之檐下，与芸品题：此处宜设水阁，此处宜立茅亭，此处宜凿六字曰"落花流水之间"，此可以居，此可以钓，此可以眺。胸中丘壑，若将移居者然。一夕，猫奴争食，自檐而堕，连盆与架，顷刻碎之。余叹曰："即此小经营，尚干造物忌耶⑥？"两人不禁泪落。

静室焚香，闲中雅趣。芸尝以沉速等香，于饭镬蒸透⑦，在炉上设一铜丝架，离火半寸许，徐徐烘之，其香幽韵而无烟。佛手忌醉鼻嗅，嗅则易烂；木瓜

①越绝：隔绝。②椽：房子的间数。③糁：混合。④宜兴窑长方盆：指江苏宜兴所烧造的紫砂方盆。⑤云林：元代画家倪瓒的号。⑥干：范。⑦镬：无足的锅。

忌出汗，汗出，用水洗之；惟香橼无忌[①]。佛手、木瓜亦有供法，不能笔宣。每有人将供妥者随手取嗅，随手置之，即不知供法者也。

余闲居，案头瓶花不绝。芸曰："子之插花，能备风晴雨露，可谓精妙入神。而画中有草虫一法，盍仿而效之。"余曰："虫踯躅不受制[②]，焉能仿效？"芸曰："有一法，恐作俑罪过耳。"余曰："试言之。"曰："虫死色不变，觅螳螂、蝉、蝶之属，以针刺死，用细丝扣虫项，系花草间，整其足，或抱梗，或踏叶，宛然如生，不亦善乎？"余喜，如其法行之，见者无不称绝。求之闺中，今恐未必有此会心者矣。

余与芸寄居锡山华氏[③]，时华夫人以两女从芸识字。乡居院旷，夏日逼人，芸教其家作活花屏法甚妙。每屏一扇，用木梢二枝，约长四五寸，作矮条凳式，虚其中，横四挡，宽一尺许，四角凿圆眼，插竹编方眼，屏约高六七尺，用砂盆种扁豆置屏中，盘延屏上，两人可移动。多编数屏，随意遮拦，恍如绿阴满窗，透风蔽日，纡回曲折，随时可更，故曰"活花屏"。有此一法，即一切藤本香草随地可用。此真乡居之良法也。

友人鲁半舫名璋，字春山，善写松柏及梅菊，工隶书，兼工铁笔[④]。余寄居其家之萧爽楼一年有半。楼共五椽，东向，余居其三。晦明风雨，可以远眺。庭中有木犀一株[⑤]，清香撩人。有廓有厢[⑥]，地极幽静。

移居时，有一仆一妪，并挈其小女来。仆能成衣，妪能纺绩，于是芸绣，妪绩，仆则成衣，以供薪水。余素爱客，小酌必行令。芸善不费之烹庖[⑦]，瓜蔬鱼虾，一经芸手，便有意外味。

同人知余贫，每出杖头钱[⑧]，作竟日叙。余又好洁，地无纤尘，且无拘束，不嫌放纵。

---

①香橼：一种常绿小乔木或大灌木，果实长圆形，黄色，供观赏。②制：约束。③锡山：山名，在无锡。④铁笔：刻刀的别称。此指刻图章。⑤木犀：即桂花。⑥廓：通"郭"，本指外城，这里指外墙。⑦不费：花费不高。⑧杖头钱：指酒钱。晋代阮修好饮酒，常以百钱挂于杖头，至酒店则酣饮。

时有杨补凡，名昌绪，善人物写真；袁少迂，名沛，工山水；王星澜，名岩，工花卉翎毛，爱萧爽楼幽雅，皆携画具来。余则从之学画，写草篆，镌图章，加以润笔，交芸备茶酒供客，终日品诗论画而已。

更有夏淡安、揖山两昆季[①]，并缪山音、知白两昆季，及蒋韵香、陆橘香、周啸霞、郭小愚、华杏帆、张闲酣诸君子，如梁上之燕，自去自来。芸则拔钗沽酒[②]，不动声色，良辰美景，不放轻过。今则天各一方，风流云散，兼之玉碎香埋[③]，不堪回首矣！

萧爽楼有四忌：谈官宦升迁、公廨时事、八股时文、看牌掷色，有犯必罚酒五斤。有四取：慷慨豪爽、风流蕴藉、落拓不羁、澄静缄默。长夏无事，考对为会[④]。每会八人，每人各携青蚨二百[⑤]，先拈阄，得第一者为主考，关防别座[⑥]。第二者为誊录，亦就座。余作举子，各于誊录处取纸一条，盖用印章。主考出五七言各一句，刻香为限[⑦]，行立构思，不准交头私语，对就后，投入一匣，方许就座。各人交卷毕，誊录启匣，并录一册，转呈主考，以杜徇私。十六对中取七言三联，五言三联。六联中取第一者，即为后任主考，第二者为誊录。每人有两联不取者，罚钱二十文；取一联者，免罚十文；过限者，倍罚。一场，主考得香钱百文。一日可十场，积钱千文，酒资大畅矣。惟芸议为官卷[⑧]，准坐而构思。

杨补凡为余夫妇写载花小影[⑨]，神情确肖。是夜月色颇佳，兰影上粉墙，别有幽致，星澜醉后兴发曰："补凡能为君写真[⑩]，我能为花图影。"余笑曰："花影能如人影否？"星澜取素纸铺于墙，即就兰影，用墨浓淡图之。日间取视，虽不成画，而花叶萧疏，自有月下之趣。芸甚宝之，各有题咏。

苏城有南园、北园二处，菜花黄时，苦无酒家小饮。携盒而往[⑪]，对花冷

---

①昆季：兄弟。长为昆，幼为季。②拔钗沽酒：卖掉头上的首饰来买酒。③玉碎香埋：比喻芸后来去世。④对：对联。⑤青蚨：钱的别称。⑥关防：本指临时性质的官员所用的印信。这里指临时性的主考。⑦刻香为限：在香烛上标上刻度，香烛燃到该处，即为最后交卷期限。⑧官卷：清代科举规定，高级官员的子弟参加乡试叫官生，其考试的试卷叫官卷。官卷另编字号，官生不占录取名额。因为芸情况特殊，大家允许其参与活动，但不算正式成员， 故戏称其卷为官卷。⑨小影：指画像。⑩写真：画肖像。⑪盒：食盒。装盛食物的木盒，可担可提，一般为外出野餐或送礼时用。

饮，殊无意味。或议就近觅饮者，或议看花归饮者，终不如对花热饮为快。众议未定，芸笑曰："明日但各出杖头钱，我自担炉火来。"众笑曰："诺。"

众去，余问曰："卿果自往乎？"芸曰："非也，妾见市中卖馄饨者，其担、锅、灶无不备，盍雇之而往？妾先烹调端整，到彼处再一下锅，茶酒两便。"余曰："酒菜固便矣，茶乏烹具。"芸曰："携一砂罐去，以铁叉串罐柄，去其锅，悬于行灶中，加柴火煎茶，不亦便乎？"余鼓掌称善。

街头有鲍姓者，卖馄饨为业，以百钱雇其担，约以明日午后，鲍欣然允议。

明日，看花者至，余告以故，众咸叹服。饭后同往，并带席垫。至南园，择柳阴下团坐。先烹茗，饮毕，然后暖酒烹肴。是时，风和日丽，遍地黄金[①]，青衫红袖，越阡度陌，蝶蜂乱飞，令人不饮自醉。既而酒肴俱熟，坐地大嚼，担者颇不俗，拉与同饮。游人见之，莫不羡为奇想。杯盘狼藉，各已陶然，或坐或卧，或歌或啸。红日将颓，余思粥，担者即为买米煮之，果腹而归。芸问曰："今日之游乐乎？"众曰："非夫人之力不及此。"大笑而散。

贫士起居服食以及器皿、房舍，宜省俭而雅洁，省俭之法曰"就事论事"。余爱小饮，不喜多菜。芸为置一梅花盒：用二寸白磁深碟六只，中置一只，外置五只，用灰漆就，其形如梅花，底盖均起凹楞，盖之上有柄如花蒂。置之案头，如一朵墨梅覆桌。启盏视之，如菜装于瓣中。一盒六色，二三知己可以随意取食，食完再添。另做矮边圆盘一只，以便放杯箸酒壶之类，随处可摆，移掇亦便。即食物省俭之一端也。余之小帽领袜，皆芸自做，衣之破者，移东补西，必整必洁，色取暗淡，以免垢迹。既可出客，又可家常。此又服饰省俭之一端也。

初至萧爽楼中，嫌其暗，以白纸糊壁，遂亮。夏月，楼下去窗，无阑干，觉空洞无遮拦。芸曰："有旧竹帘在，何不以帘代栏？"余曰："如何？"芸曰："用竹数根，黝黑色，一竖一横，留出走路，截半帘搭在横竹上，垂至地，高与桌齐，中竖短竹四根，用麻线扎定，然后于横竹搭帘处，寻旧黑布条，连横竹裹缝

①黄金：指阳光把大地映成了金色。

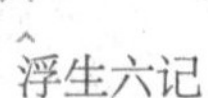

之。既可遮拦饰观，又不费钱。”此“就事论事”之一法也。以此推之，古人所谓竹头、木屑皆有用，良有以也。

夏月，荷花初开时，晚含而晓放。芸用小纱囊撮茶叶少许，置花心，明早取出，烹天泉水泡之，香韵尤绝。

卷三　坎坷记愁

人生坎坷，何为乎来哉？往往皆自作孽耳。余则非也，多情重诺，爽直不羁，转因之为累。况吾父稼夫公慷慨豪侠，急人之难，成人之事，嫁人之女，抚人之儿，指不胜屈，挥金如土，多为他人。余夫妇居家，偶有需用，不免典质。始则移东补西，继则左支右绌。谚云："处家人情，非钱不行。"先起小人之议，渐招同室之讥。"女子无才便是德"，真千古至言也！

余虽居长而行三，故上下呼芸为"三娘"。后忽呼为"三太太"，始而戏呼，继成习惯，甚至尊卑长幼，皆以"三太太"呼之，此家庭之变机欤？

乾隆乙巳，随侍吾父于海宁官舍。芸于吾家书中附寄小函，吾父曰："媳妇既能笔墨，汝母家信，付彼司之①。"后家庭偶有闲言，吾母疑其述事不当，仍不令代笔。吾父见信非芸手笔，询余曰："汝妇病耶？"余即作札问之，亦不答。久之，吾父怒曰："想汝妇不屑代笔耳！"迨余归，探知委曲，欲为婉剖②，芸急止之曰："宁受责于翁③，勿失欢于姑也④。"竟不自白。

庚戌之春，予又随侍吾父于邗江幕中。有同事俞孚亭者，挈眷居焉⑤。吾父谓孚亭曰："一生辛苦，常在客中，欲觅一起居服役之人而不可得。儿辈果能仰体亲意⑥，当于家乡觅一人来，庶语音相合⑦。"孚亭转述于余，密札致芸，倩媒

①司：负责。②婉剖：委婉地说明原委。③翁：公公。④姑：婆婆。⑤挈眷：携带家眷。⑥体：体察。⑦庶：庶几，差不多。

物色，得姚氏女。芸以成否未定，未即禀知吾母。其来也，托言邻女之嬉游者。及吾父命余接取至署，芸又听旁人意见，托言吾父素所合意者。吾母见之曰："此邻女之嬉游者也，何娶之乎？"芸遂并失爱于姑矣。

壬子春，余馆真州。吾父病于邗江，余往省，亦病焉。余弟启堂时亦随侍。芸来书曰："启堂弟曾向邻妇借贷，倩芸作保，现追索甚急。"余询启堂，启堂转以嫂氏为多事。余遂批纸尾曰："父子皆病，无钱可偿，俟启弟归时，自行打算可也。"

未几，病皆愈，余仍往真州。芸覆书来，吾父拆视之，中述启弟邻项事，且云："令堂以老人之病皆由姚姬而起。翁病稍痊，宜密嘱姚托言思家，妾当令其家父母到扬接取。实彼此卸责之计也。"

吾父见书，怒甚，询启堂以邻项事，答言不知。遂札饬余曰[①]："汝妇背夫借债，谗谤小叔，且称姑曰令堂，翁曰老人，悖谬之甚[②]！我已专人持札回苏斥逐[③]，汝若稍有人心，亦当知过！"余接此札，如闻青天霹雳，即肃书认罪[④]，觅骑遄归[⑤]，恐芸之短见也[⑥]。到家述其本末，而家人乃持逐书至，历斥多过，言甚决绝。

芸泣曰："妾固不合妄言[⑦]，但阿翁当恕妇女无知耳。"越数日，吾父又有手谕至，曰："我不为已甚[⑧]，汝携妇别居，勿使我见，免我生气足矣。"乃寄芸于外家。而芸以母亡弟出，不愿往依族中。幸友人鲁半舫闻而怜之，招余夫妇往居其家萧爽楼。

越两载，吾父渐知始末，适余自岭南归，吾父自至萧爽楼，谓芸曰："前事我已尽知，汝盍归乎？"余夫妇欣然，仍归故宅，骨肉重圆。岂料又有憨园之孽障耶[⑨]！

芸素有血疾，以其弟克昌出亡不返，母金氏复念子病没，悲伤过甚所致。

---

①饬：命令。②悖谬：背理荒唐。③斥逐：驱赶。这里指休弃。④肃书：恭敬地回信。⑤遄归：急速。⑥短见：想不开而自尽。⑦不合：不该。妄言：乱说话。⑧不为已甚：不把事情做绝。⑨孽障：指前生的过错造成今生的阻障。

自识憨园，年余未发，余方幸其得良药。而憨为有力者夺去，以千金作聘，且许养其母。佳人已属沙叱利矣[①]！余知之而未敢言也。

及芸往探始知之，归而呜咽，谓余曰："初不料憨之薄情乃尔也！"余曰："卿自情痴耳，此中人何情之有哉？况锦衣玉食者，未必能安于荆钗布裙也[②]，与其后悔，莫若无成。"因抚慰之再三。而芸终以受愚为恨，血疾大发，床席支离[③]，刀圭无效[④]，时发时止，骨瘦形销。不数年而逋负日增[⑤]，物议日起[⑥]。老亲又以盟妓一端，憎恶日甚。余则调停中立，已非生人之境矣。

芸生一女名青君，时年十四，颇知书，且极贤能，质钗典服[⑦]，幸赖辛劳。子名逢森，时年十二，从师读书。

余连年无馆[⑧]，设一书画铺于家门之内，三日所进，不敷一日所出，焦劳困苦，竭蹶时形[⑨]。隆冬无裘，挺身而过。青君亦衣单股栗，犹强曰"不寒"。因是芸誓不医药。偶能起床，适余有友人周春煦自福郡王幕中归，倩人绣《心经》一部，芸念绣经可以消灾降福，且利其绣价之丰，竟绣焉。而春煦行色匆匆，不能久待，十日告成。弱者骤劳，致增腰酸头晕之疾。岂知命薄者，佛亦不能发慈悲也！绣经之后，芸病转增，唤水索汤，上下厌之。有西人赁屋于余画铺之左，放利债为业，时倩余作画，因识之。友人某向渠借五十金，乞余作保。余以情有难却，允焉，而某竟挟资远遁。西人惟保是问，时来饶舌。初以笔墨为抵，渐至无物可偿。

岁底，吾父家居，西人索债，咆哮于门。吾父闻之，召余诃责曰："我辈衣冠之家，何得负此小人之债？"

正剖诉间，适芸有自幼同盟姊锡山华氏，知其病，遣人问讯。堂上误以为憨园之使，因愈怒曰："汝妇不守闺训，结盟娼妓；汝亦不思习上，滥伍小人[⑩]。若置汝死地，情有不忍。姑宽三日限，速自为计，迟必首汝逆矣。"

---

①佳人已属沙叱利矣：指意中人为权贵夺取。②荆钗布裙：贫寒人家女子的装束。③支离：憔悴，衰弱。④刀圭：药物。⑤逋负：这里代指欠债。⑥物议：众人的议论。⑦质钗典服：典当衣服和首饰。⑧馆：旧时私塾。⑨竭蹶：困顿、挫折。⑩伍小人：与小人为伍。

芸闻而泣曰："亲怒如此，皆我罪孽。妾死君行，君必不忍；妾留君去，君必不舍。姑密唤华家人来，我强起问之。"

因令青君扶至房外，呼华使问曰："汝主母特遣来耶？抑便道来耶？"曰："主母久闻夫人卧病，本欲亲来探望，因从未登门，不敢造次。临行嘱咐：'倘夫人不嫌乡居简亵，不妨到乡调养，践幼时灯下之言。'"盖芸与同绣日[①]，曾有疾病相扶之誓也。因嘱之曰："烦汝速归，禀知主母，于两日后放舟密来。"

其人既退，谓余曰："华家盟姊，情逾骨肉，君若肯至其家，不妨同行，但儿女携之同往既不便，留之累亲又不可。必于两日内安顿之。"

时余有表兄王荩臣一子名韫石，愿得青君为媳妇。芸曰："闻王郎懦弱无能，不过守成之子，而王又无成可守。幸诗礼之家，且又独子，许之可也。"余谓荩臣曰："吾父与君有渭阳之谊[②]，欲媳青君，谅无不允。但待长而嫁，势所不能。余夫妇往锡山后，君即禀知堂上，先为童媳，何如？"荩臣喜曰："谨如命。"逢森亦托友人夏揖山转荐学贸易。

安顿已定，华舟适至，时庚申之腊二十五日也[③]。芸曰："孑然出门，不惟招邻里笑，且西人之项无著，恐亦不放，必于明日五鼓悄然而去。"余曰："卿病中能冒晓寒耶？"芸曰："死生有命，无多虑也。"密禀吾父，亦以为然。

是夜，先将半肩行李挑下船，令逢森先卧，青君泣于母侧。芸嘱曰："汝母命苦，兼亦情痴，故遭此颠沛，幸汝父待我厚，此去可无他虑。两三年内，必当布置重圆。汝至汝家须尽妇道，勿似汝母。汝之翁姑以得汝为幸，必善视汝[④]。所留箱笼什物，尽付汝带去。汝弟年幼，故未令知，临行时托言就医，数日即归。俟我去远，告知其故，禀闻祖父可也。"旁有旧妪，即前卷中曾赁其家消暑者，愿送至乡。故是时陪侍在侧，拭泪不已。将交五鼓，暖粥共啜之。芸强颜笑曰："昔一粥而聚，今一粥而散，若作传奇，可名《吃粥记》矣。"逢森闻声亦起，呻曰："母何为？"芸曰："将出门就医耳。"逢森曰："起何早？"曰："路远耳。汝

①同绣日：一同待字闺中时。②渭阳之谊：指舅甥关系。典出《诗经·秦风·渭阳》："我送舅氏，曰至渭阳。"③庚申：指嘉庆五年，公元 1800 年。④善视：善待。视，看待。

与姊相安在家，毋讨祖母嫌。我与汝父同往，数日即归。”鸡声三唱，芸含泪扶妪，启后门将出，逢森忽大哭曰：“噫，我母不归矣！”青君恐惊人，急掩其口而慰之。当是时，余两人寸肠已断，不能复作一语，但止以“勿哭”而已！

青君闭门后，芸出巷十数步，已疲不能行，使妪提灯，余背负之而行。将至舟次，几为逻者所执，幸老妪认芸为病女，余为婿，且得舟子皆华氏工人，闻声接应，相扶下船。解维后，芸始放声痛哭。是行也，其母子已成永诀矣。

华名大成，居无锡之东高山，面山而居，躬耕为业，人极朴诚，其妻夏氏，即芸之盟姊也。是日午未之交，始抵其家。华夫人已倚门而待，率两小女至舟，相见甚欢。扶芸登岸，款待殷勤。四邻妇人、孺子哄然入室，将芸环视，有相问讯者，有相怜惜者，交头接耳，满室啾啾。芸谓华夫人曰：“今日真如渔父入桃源矣。”华曰：“妹莫笑，乡人少所见多所怪耳。”自此相安度岁。

至元宵，仅隔两旬，而芸渐能起步。是夜观龙灯于打麦场中，神情态度，渐可复元，余乃心安。与之私议曰：“我居此非计，欲他适而短于资，奈何？”芸曰：“妾亦筹之矣。君姊丈范惠来现于靖江盐公堂司会计，十年前曾借君十金，适数不敷，妾典钗凑之，君忆之耶？”余曰：“忘之矣。”芸曰：“闻靖江去此不远，君盍一往？”余如其言。

时天颇暖，织绒袍、哔叽短褂犹觉其热。此辛酉正月十六日也[①]。是夜宿锡山客旅，赁被而卧。晨起，趁江阴航船，一路逆风，继以微雨，夜至江阴江口。春寒彻骨，沽酒御寒，囊为之罄。踌躇终夜，拟卸衬衣质钱而渡。

十九日，北风更烈，雪势犹浓，不禁惨然泪落，暗计房资、渡费，不敢再饮。正心寒股栗间，忽见一老翁，草鞋，毡笠，负黄包。入店，以目视余，似相识者。余曰：“翁非泰州曹姓耶？”答曰：“然。我非公，死填沟壑矣。今小女无恙，时诵公德。不意今日相逢，何逗留于此？”盖余幕泰州时有曹姓，本微贱，一女有姿色，已许婿家，有势力者放债，谋其女，致涉讼。余从中调护，仍归所

①辛酉：清嘉庆六年，即公元 1801 年。

许。曹即投入公门为隶，叩首作谢，故识之。余告以投亲遇雪之由。曹曰："明日天晴，我当顺途相送。"出钱沽酒，备极款洽。

二十日，晓钟初动，即闻江口唤渡声，余惊起，呼曹同济。曹曰："勿急，宜饱食登舟。"乃代偿房饭钱，拉余出沽。余以连日逗留，急欲赶渡，食不下咽，强啖麻饼两枚。及登舟，江风如箭，四肢发战。曹曰："闻江阴有人缢于靖[①]，其妻雇是舟而往，必俟雇者来始渡耳。"枵腹忍寒[②]，午始解缆。至靖，暮烟四合矣。

曹曰："靖有公堂两处，所访者城内耶？城外耶？"余踉跄随其后，且行且对曰："实不知其内外也。"曹曰："然则且止宿，明日往访耳。"进旅店，鞋袜已为泥淤湿透，索火烘之。草草饮食，疲极酣睡。晨起，袜烧其半，曹又代偿房饭钱。

访至城中，惠来尚未起，闻余至，披衣出，见余状，惊曰："舅何狼狈至此？"余曰："姑勿问，有银乞借二金，先遣送我者。"惠来以番饼二圆授余[③]，即以赠曹。曹力却，受一圆而去。

余乃历述所遭，并言来意。惠来曰："郎舅至戚，即无宿逋[④]，亦应竭尽绵力。无如航海盐船新被盗，正当盘帐之时，不能挪移丰赠，当勉措番银二十圆，以偿旧欠，何如？"余本无奢望，遂诺之。

留住两日，天已晴暖，即作归计。

廿十五日，仍回华宅。芸曰："君遇雪乎？"余告以所苦。因惨然曰："雪时，妾以君为抵靖，乃尚逗留江口。幸遇曹老，绝处逢生，亦可谓吉人天相矣。"越数日，得青君信，知逢森已为揖山荐引入店，荩臣请命于吾父，择正月二十四日将伊接去。儿女之事，粗能了了，但分离至此，令人终觉惨伤耳。

二月初，日暖风和，以靖江之项，薄备行装[⑤]，访故人胡肯堂于邗江盐署。有贡局众司事公延入局[⑥]，代司笔墨，身心稍定。

①缢：自缢。上吊自杀。②枵腹：空腹。③番饼：即下文所说的番银，指当时流传到中国的外国银币。以西班牙币为主。④宿逋：过去所欠的债。⑤项：款项。⑥贡局：掌管赋税的衙门。公延：集体延请。

至明年壬戌八月，接芸书曰：“病体全瘳，惟寄食于非亲非友之家，终觉非久长之策，愿亦来邗，一睹平山之胜。”余乃赁屋于邗江先春门外，临河两椽。自至华氏，接芸同行。华夫人赠一小奚奴，曰阿双[1]，帮司炊爨，并订他年结邻之约。

时已十月，平山凄冷，期以春游。满望散心调摄，徐图骨肉重圆。不满月，而贡局司事忽裁十有五人，余系友中之友，遂亦散闲。芸始犹百计代余筹画，强颜慰藉，未尝稍涉怨尤。

至癸亥仲春，血疾大发。余欲再至靖江，作“将伯”之呼[2]，芸曰：“求亲不如求友。”余曰：“此言虽是，亲友虽关切，现皆闲处，自顾不遑。”芸曰：“幸天时已暖，前途可无阻雪之虑，愿君速去速回，勿以病人为念。君或体有不安，妾罪更重矣。”

时已薪水不继，余佯为雇骡，以安其心，实则囊饼徒步，且食且行。向东南，两渡叉河，约八九十里，四望无村落。至更许，但见黄沙漠漠，明星闪闪，得一土地祠，高约五尺许，环以短墙，植以双柏。因向神叩首，祝曰：“苏州沈某投亲失路至此，欲假神祠一宿，幸神怜佑。”于是移小石香炉于旁，以身探之，仅容半体。以风帽反戴掩面，坐半身于中，出膝于外，闭目静听，微风萧萧而已。足疲神倦，昏然睡去。

及醒，东方已白，短墙外忽有步语声，急出探视，盖土人赶集经此也。问以途，曰：“南行十里，即泰兴县城，穿城向东南十里一土墩，过八墩即靖江，皆康庄也。”余乃反身，移炉于原位，叩首作谢而行。过泰兴，即有小车可附。申刻抵靖，投刺焉。良久，司阍者曰：“范爷因公往常州去矣。”察其辞色，似有推托。余诘之曰：“何日可归？”曰：“不知也。”余曰：“虽一年亦将待之。”阍者会余意，私问曰：“公与范爷嫡郎舅耶？”余曰：“苟非嫡者，不待其归矣。”阍者曰：“公姑待之。”越三日，乃以回靖告，共挪二十五金。

雇骡急返，芸正形容惨变，咻咻涕泣。见余归，卒然曰：“君知昨午阿双卷逃乎？倩人大索，今犹不得。失物小事，人系伊母临行再三交托，今若逃归，

①奚奴：奴仆，仆人。②将伯：典出《诗经·小雅·正月》：“将伯助予。”将，请。伯，长者。后世用以指向人求助或帮助他人。

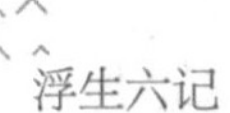

中有大江之阻，已觉堪虞[①]，倘其父母匿子图诈[②]，将奈之何？且有何颜见我盟姊？”余曰：“请勿急，卿虑过深矣。匿子图诈，诈其富有也，我夫妇两肩担一口耳。况携来半载，授衣分食，从未稍加扑责[③]，邻里咸知。此实小奴丧良，乘危窃逃。华家盟姊赠以匪人，彼无颜见卿，卿何反谓无颜见彼耶？今当一面呈县立案，以杜后患可也。”芸闻余言，意似稍释。然自此梦中呓语，时呼“阿双逃矣”，或呼“憨何负我”，病势日以增矣。

余欲延医诊治，芸阻曰：“妾病始因弟亡母丧，悲痛过甚，继为情感，后由忿激，而平素又多过虑，满望努力做一好媳妇，而不能得，以至头眩、怔忡诸症毕备，所谓病入膏肓，良医束手，请勿为无益之费。忆妾唱随二十三年[④]，蒙君错爱，百凡体恤，不以顽劣见弃。知己如君，得婿如此，妾已此生无憾。若布衣暖，菜饭饱，一室雍雍，优游泉石，如沧浪亭、萧爽楼之处境，真成烟火神仙矣[⑤]。神仙几世才能修到，我辈何人，敢望神仙耶？强而求之，致干造物之忌，即有情魔之扰。总因君太多情，妾生薄命耳！”

因又呜咽而言曰：“人生百年，终归一死。今中道相离，忽焉长别，不能终奉箕帚[⑥]，目睹逢森娶妇，此心实觉耿耿。”言已，泪落如豆。余勉强慰之曰：“卿病八年，恹恹欲绝者屡矣，今何忽作断肠语耶？”芸曰：“连日梦我父母放舟来接，闭目即飘然上下，如行云雾中，殆魂离而躯壳存乎？”余曰：“此神不收舍，服以补剂，静心调养，自能安痊。”

芸又唏嘘曰：“妾若稍有生机一线，断不敢惊君听闻。今冥路已近，苟再不言，言无日矣。君之不得亲心，流离颠沛，皆由妾故，妾死则亲心自可挽回，君亦可免牵挂。堂上春秋高矣，妾死，君宜早归。如无力携妾骸骨归，不妨暂厝于此，待君将来可耳。愿君另续德容兼备者，以奉双亲，抚我遗子，妾亦瞑目矣！”言至此，痛肠欲裂，不觉惨然大恸。余曰：“卿果中道相舍，断无再续之理，况‘曾经沧海难为水，除却巫山不是云’耳。”

---

①虞：忧虑，担心。②匿子：将自己的孩子藏起来。图诈：图谋敲诈。③扑责：敲打、责骂。④唱随：夫唱妇随的省略之语。⑤烟火神仙：俗世中的神仙。⑥奉箕帚：指操持家务。

芸乃执余手而更欲有言，仅断续叠言“来世”二字，忽发喘，口噤[1]，两目瞪视，千呼万唤，已不能言。痛泪两行，涔涔流溢。既而喘渐微，泪渐干，一灵缥渺，竟尔长逝。时嘉庆癸亥三月三十日也[2]。当是时，孤灯一盏，举目无亲，两手空拳，寸心欲碎。绵绵此恨，曷其有极！

承吾友胡省堂以十金为助，余尽室中所有，变卖一空，亲为成殓。呜呼！芸一女流，具男子之襟怀才识。归吾门后，余日奔走衣食，中馈缺乏[3]，芸能纤悉不介意。及余家居，惟以文字相辩析而已。卒之疾病颠连，赍恨以没[4]，谁致之耶？余有负闺中良友，又何可胜道哉！奉劝世间夫妇，固不可彼此相仇，亦不可过于情笃。语云：“恩爱夫妻不到头”，如余者，可作前车之鉴也！

回煞之期[5]，俗传是日魂必随煞而归，故房中铺设一如生前，且须铺生前旧衣于床上，置旧鞋于床下，以待魂归瞻顾，吴下相传谓之“收眼光”。延羽士作法[6]，先召于床而后遣之，谓之“接眚”。邗江俗例，设酒肴于死者之室，一家尽出，谓之“避眚”。以故有因避被窃者。

芸娘眚期，房东因同居而出避，邻家嘱余亦设肴远避。余冀魄归一见，姑漫应之。同乡张禹门谏余曰：“因邪入邪，宜信其有，勿尝试也。”余曰：“所以不避而待之者，正信其有也。”张曰：“回煞犯煞，不利生人，夫人即或魂归，业已阴阳有间，窃恐欲见者无形可接，应避者反犯其锋耳。”时余痴心不昧，强对曰：“死生有命。君果关切，伴我何如？”张曰：“我当于门外守之。君有异见，一呼即入可也。”

余乃张灯入室，见铺设宛然，而音容已杳，不禁心伤泪涌。又恐泪眼模糊，失所欲见，忍泪睁目，坐床而待。抚其所遗旧服，香泽犹存，不觉柔肠寸断，冥然昏去。转念待魂而来，何去遽睡耶？开目四视，见席上双烛青焰荧荧，缩光如

---

①噤：闭口，不作声。②嘉庆癸亥：嘉庆八年，公元 1803 年。③中馈：指饮食。④赍恨：抱着遗憾。赍，怀抱。恨，遗憾。⑤回煞：古代认为人死后到一定日期，灵魂会返回故宅，到时会有凶煞出现，于家人不利。故是日家人要外出躲避。回煞的具体日期，由阴阳家按其死亡的干支推算而知。⑥羽士：道士。

豆，毛骨悚然，通体寒栗。因摩两手擦额，细瞩之，双焰渐起，高至尺许，纸裱顶格[①]，几被所焚。

余正得藉光四顾间，光忽又缩如前。此时心舂股栗[②]，欲呼守者进观，而转念柔魂弱魄，恐为盛阳所逼。悄呼芸名而祝之，满室寂然，一无所见。既而烛焰复明，不复腾起矣。出告禹门，服余胆壮，不知余实一时情痴耳。

芸没后，忆和靖“妻梅子鹤”语[③]，自号“梅逸”。权葬芸于扬州西门外之金桂山，俗呼“郝家宝塔”。买一棺之地，从遗言寄于此。携木主还乡，吾母亦为悲悼，青君、逢森归来，痛哭成服。启堂进言曰：“严君怒犹未息[④]，兄宜仍往扬州，俟严君归里，婉言劝解，再当专札相招。”

余遂拜母，别子女，痛哭一场，复至扬州，卖画度日。因得常哭于芸娘之墓，影单形只，备极凄凉。且偶经故居，伤心惨目。重阳日，邻冢皆黄，芸墓独青。守坟者曰：“此好穴场，故地气旺也。”余暗祝曰：“秋风已紧，身尚衣单，卿若有灵，佑我图得一馆，度此残年，以待家乡信息。”

未几，江都幕客章驭庵先生欲回浙江葬亲，倩余代庖三月，得备御寒之具。封篆出署[⑤]，张禹门招寓其家。张亦失馆，度岁艰难，商于余，即以余赀二十金倾囊借之，且告曰：“此本留为亡荆扶柩之费，一俟得有乡音，偿我可也。”是年即寓张度岁。晨占夕卜，乡音殊杳。

至甲子三月，接青君信，知吾父有病，即欲归苏，又恐触旧忿。正趑趄观望间[⑥]，复接青君信，始痛悉吾父业已辞世。刺骨痛心，呼天莫及，无暇他计，即星夜驰归，触首灵前[⑦]，哀号流血。

呜呼！吾父一生辛苦，奔走于外。生余不肖，既少承欢膝下，又未侍药床前，不孝之罪，何可逭哉[⑧]！吾母见余哭，曰：“汝何此日始归耶？”余曰：“儿之归，幸得青君孙女信也。”吾母目余弟妇，遂默然。

---

①顶格：即天花板。②心舂：心跳的样子。③和靖：林逋，字君复。北宋诗人。卒后宋仁宗赐谥“和靖先生”。④严君：父亲的代称。⑤封篆：旧时官府于岁末年初停止办公，称封篆。篆，官印的代称，因其多为篆文。⑥趑趄：犹豫不决的样子。⑦触首：磕头。⑧逭（huàn）：逃，避。

余入幕守灵至七[①]，终无一人以家事告，以丧事商者。余自问人子之道已缺，故亦无颜询问。一日，忽有向余索逋者登门饶舌。余出应曰："欠债不还，固应催索，然吾父骨肉未寒，乘凶追呼，未免太甚！"中有一人私谓余曰："我等皆有人招之使来，公且避出，当向招我者索偿也。"余曰："我欠我偿，公等速退！"皆唯唯而去。

余因呼启堂谕之曰："兄虽不肖，并未作恶不端，若言出嗣降服[②]，从未得过纤毫嗣产，此次奔丧归来，本人子之道，岂为产争故耶？大丈夫贵乎自立，我既一身归，仍以一身去耳。"言已，返身入幕，不觉大恸。叩辞吾母，走告青君，行将出走深山，求赤松子于世外矣[③]。

青君正劝阻间，友人夏南熏（字淡安）、夏逢泰（字揖山）两昆季寻踪而至，抗声谏余曰："家庭若此，固堪动忿，但足下父死而母尚存，妻丧而子未立，乃竟飘然出世，于心安乎？"余曰："然则如之何？"淡安曰："奉屈暂居寒舍，闻石琢堂殿撰有告假回籍之信，盍俟其归而往谒之？其必有以位置君也[④]。"余曰："凶丧未满百日，兄等有老亲在堂，恐多未便。"揖山曰："愚兄弟之相邀，亦家君意也。足下如执以为不便，西邻有禅寺，方丈僧与余交最善，足下设榻于寺中，何如？"余诺之。

青君曰："祖父所遗房产，不下三四千金，既已分毫不取，岂自己行囊亦舍去耶？我往取之，径送禅寺父亲处可也。"因是于行囊之外，转得吾父所遗图书、砚台、笔筒数件。

寺僧安置予于大悲阁。阁南向，向东设神像。隔西首一间，设月窗，紧对佛龛。本为作佛事者斋食之地，余即设榻其中。临门有关圣提刀立像，极威武。院中有银杏一株，大三抱，荫覆满阁，夜静风声如吼。

揖山常携酒果来对酌，曰："足下一人独处，夜深不寐，得无畏怖耶？"余曰："仆一生坦直，胸无秽念，何怖之有？"

---

①七：古时人死后七日一祭，俗称曰"七"。这里指其父死后的第一个第七日。②出嗣：过继给他人。降服：丧服的级别减一等。③赤松子：相传为上古的神仙。④位置：安置。

居未几，大雨倾盆，连宵达旦三十余天，时虑银杏折枝，压梁倾屋。赖神默佑，竟得无恙。而外之墙坍屋倒者，不可胜计，近处田禾俱被漂没。余则日与僧人作画，不见不闻。

七月初，天始霁。揖山尊人号莼芗，有交易赴崇明，偕余往，代笔书券，得二十金。归，值吾父将安葬，启堂命逢森向余曰："叔因葬事乏用，欲助一二十金。"余拟倾囊与之，揖山不允，分帮其半。余即携青君先至墓所。葬既毕，仍返大悲阁。

九月杪[①]，揖山有田在东海永泰沙[②]，又偕余往收其息[③]。盘桓两月，归已残冬，移寓其家雪鸿草堂度岁。真异姓骨肉也！

乙丑七月[④]，琢堂始自都门回籍。琢堂名韫玉，字执如，琢堂其号也。与余为总角交[⑤]，乾隆庚戌殿元[⑥]，出为四川重庆守。白莲教之乱，三年戎马，极著劳绩。及归，相见甚欢。旋于重九日挈眷重赴四川重庆之任，邀余同往。余即叩别吾母于九妹倩陆尚吾家，盖先君故居已属他人矣。吾母嘱曰："汝弟不足恃，汝行须努力。重振家声，全望汝也。"逢森送余至半途，忽泪落不已，因嘱勿送而返。

舟出京口，琢堂有旧交王惕夫孝廉在淮扬盐署，绕道往晤，余与偕往，又得一顾芸娘之墓。返舟由长江溯流而上，一路游览名胜。至湖北之荆州，得升潼关观察之信，遂留余与其嗣君敦夫、眷属等[⑦]暂寓荆州。琢堂轻骑减从，至重庆度岁，遂由成都历栈道之任。

丙寅二月，川眷始由水路往，至樊城登陆。途长费巨，车重人多，毙马折轮，备尝辛苦。抵潼关甫四月，琢堂又升山左廉访[⑧]，清风两袖。眷属不能偕行，暂借潼川书院作寓。十月杪，始支山左廉俸，专人接眷。附有青君之书，骇悉逢！森于四月间夭亡。始忆前之送余堕泪者，盖父子永诀也。

呜呼！芸仅一子，不得延其嗣续耶！琢堂闻之，亦为之浩叹。赠余一妾，重入春梦。从此扰扰攘攘，又不知梦醒何时耳。

---

①杪（miǎo）：本指树枝的细梢，引申为末尾的意思。②沙：指海滨沙洲。③息：利息。此指租子。④乙丑：清嘉庆十年，公元 1805 年。⑤总角：童年。⑥殿元：状元。⑦嗣君：指他人的儿子。⑧山左：指山东。

卷四 浪游记快

余游幕三十年来，天下所未到者，蜀中、黔中与滇南耳。惜乎轮蹄征逐，处处随人，山水怡情，云烟过眼，不过领略其大概，不能探僻寻幽也。余凡事喜独出己见，不屑随人是非，即论诗品画，莫不存“人珍我弃、人弃我取”之意。故名胜所在，贵乎心得，有名胜而不觉其佳者，有非名胜而自以为妙者。聊以平生所历者记之。

余年十五时，吾父稼夫公馆于山阴赵明府幕中。有赵省斋先生名传者，杭之宿儒也，赵明府延教其子，吾父命余亦拜投门下。

暇日出游，得至吼山。离城约十余里，不通陆路。近山见一石洞，上有片石，横裂欲堕，即从其下荡舟入。豁然空其中，四面皆峭壁，俗名之曰“水园”。临流建石阁五椽，对面石壁有“观鱼跃”三字，水深不测，相传有巨鳞潜伏①。余投饵试之，仅见不盈尺者出而唼食焉②。阁后有道通旱园，拳石乱矗③，有横阔如掌者，有柱石平其顶而上加大石者，凿痕犹在，一无可取。游览既毕，宴于水阁，命从者放爆竹，轰然一响，万山齐应，如闻霹雳声。此幼时快游之始。惜乎兰亭、禹陵未能一到，至今以为憾。

至山阴之明年，先生以亲老不远游，设帐于家，余遂从至杭。西湖之胜因得畅游。结构之妙，予以龙井为最，小有天园次之。石取天竺之飞来峰，城隍

①巨鳞：大鱼。②唼食：吞食。③拳石：指园林假山。

山之瑞石古洞。水取玉泉，以水清多鱼，有活泼趣也。大约至不堪者，葛岭之玛瑙寺。其余湖心亭、六一泉诸景，各有妙处，不能尽述，然皆不脱脂粉气，反不如小静室之幽僻，雅近天然。

苏小墓在西泠桥侧。土人指示，初仅半丘黄土而已。乾隆庚子，圣驾南巡，曾一询及。甲辰春，复举南巡盛典，则苏小墓已石筑其坟，作八角形，上立一碑，大书曰“钱塘苏小小之墓”。从此吊古骚人不须徘徊探访矣。余思古来烈魄忠魂堙没不传者，固不可胜数，即传而不久者，亦不为少。小小一名妓耳，自南齐至今，尽人而知之，此殆灵气所钟，为湖山点缀耶？

桥北数武，有崇文书院，余曾与同学赵缉之投考其中。时值长夏，起极早，出钱塘门，过昭庆寺，上断桥，坐石栏上。旭日将升，朝霞映于柳外，尽态极妍；白莲香里，清风徐来，令人心骨皆清。步至书院，题犹未出也。

午后缴卷，偕缉之纳凉于紫云洞，大可容数十人，石窍上透日光。有人设短几矮凳，卖酒于此，解衣小酌，尝鹿脯，甚妙，佐以鲜菱、雪藕，微酣出洞。缉之曰：“上有朝阳台，颇高旷，盍往一游？”余亦兴发，奋勇登其巅，觉西湖如镜，杭城如丸，钱塘江如带，极目可数百里。此生平第一大观也。

坐良久，阳乌将落，相携下山，南屏晚钟动矣。韬光、云栖，路远未到，其红门局之梅花，姑姑庙之铁树，不过尔尔。紫阳洞予以为必可观，而访寻得之，洞口仅容一指，涓涓流水而已。相传中有洞天，恨不能抉门而入。

清明日，先生春祭扫墓，挈余同游。墓在东岳，是乡多竹，坟丁掘未出土之毛笋，形如梨而尖，作羹供客。余甘之，尽其两碗。先生曰：“噫！是虽味美而克心血，宜多食肉以解之。”余素不贪屠门之嚼①，至是饭量且因笋而减，归途觉烦躁，唇舌几裂。过石屋洞，不甚可观。水乐洞峭壁多藤萝，入洞如斗室，有泉流甚急，其声琅琅。池广仅三尺，深五寸许，不溢亦不竭。余俯流就饮，烦躁顿解。洞外二小亭，坐其中可听泉声。衲子请观万年缸②，缸在香积厨，形

①屠门之嚼：指肉食。②衲子：和尚。

甚巨，以竹引泉灌其内，听其满溢，年久结苔厚尺许，冬日不冰，故不损也。

辛丑秋八月，吾父病疟返里，寒索火，热索冰，余谏不听，竟转伤寒，病势日重。余侍奉汤药，昼夜不交睫者几一月[①]。吾妇芸娘亦大病，恹恹在床。心境恶劣，莫可名状。吾父呼余嘱之曰："我病恐不起，汝守数本书，终非糊口计，我托汝于盟弟蒋思斋，仍继吾业可耳。"越日，思斋来，即于榻前命拜为师。未几，得名医徐观莲先生诊治，父病渐痊，芸亦得徐力起床，而余则从此习幕矣。此非快事，何记于此？曰：此抛书浪游之始，故记之。

思斋先生名襄。是年冬，即相随习幕于奉贤官舍。有同习幕者，顾姓名金鉴，字鸿干，号紫霞，亦苏州人也，为人慷慨刚毅，直谅不阿[②]，长余一岁，呼之为兄。鸿干即毅然呼余为弟，倾心相交。此余第一知己交也。惜以二十二岁卒，余即落落寡交。今年且四十有六矣，茫茫沧海，不知此生再遇知己如鸿干者否？

忆与鸿干订交，襟怀高旷，时兴山居之想。重九日，余与鸿干俱在苏，有前辈王小侠与吾父稼夫公唤女伶演剧，宴客吾家。余患其扰，先一日约鸿干赴寒山登高，借访他日结庐之地，芸为整理小酒榼。越日，天将晓，鸿干已登门相邀。遂携榼出胥门，入面肆，各饱食。渡胥江，步至横塘枣市桥，雇一叶扁舟到山，日犹未午。舟子颇循良[③]，令其籴米煮饭。余两人上岸，先至中峰寺。寺在支硎古刹之南，循道而上，寺藏深树，山门寂静，地僻僧闲，见余两人不衫不履，不甚接待。余等志不在此，未深入。归舟，饭已熟。饭毕，舟子携榼相随，瞩其子守船。由寒山至高义园之白云精舍，轩临峭壁，下凿小池，围以石栏，一泓秋水，崖悬薜荔，墙积莓苔。坐轩下，惟闻落叶萧萧，悄无人迹。

出门有一亭，嘱舟子坐此相候。余两人从石罅中入，名"一线天"。循级盘旋，直造其巅[④]，曰"上白云"，有庵已坍颓，存一危楼，仅可远眺。小憩片刻，即相扶而下。舟子曰："登高忘携酒榼矣。"鸿干曰："我等之游，欲觅偕隐地

①交睫：合眼。②直谅不阿：指人的性格刚直坦诚。③循良：本份善良。④造：到。

耳，非专为登高也。”舟子曰：“离此南行二三里，有上沙村，多人家，有隙地，我有表戚范姓居是村，盍往一游？”余喜曰：“此明末徐俟斋先生隐居处也[①]。有园，闻极幽雅，从未一游。”于是舟子导往。

村在两山夹道中。园依山而无石，老树多极纡回盘郁之势，亭榭窗栏，尽从朴素。竹篱茅舍，不愧隐者之居。中有皂荚亭，树大可两抱。余所历园亭，此为第一。

园左有山，俗呼“鸡笼山”。山峰直竖，上加大石，如杭城之瑞石古洞，而不及其玲珑。旁一青石加榻，鸿干卧其上曰：“此处仰观峰岭，俯视园亭，既旷且幽，可以开樽矣。”因拉舟子同饮，或歌或啸，大畅胸怀。

土人知余等觅地而来，误以为堪舆[②]，以某处有好风水相告。鸿干曰：“但期合意，不论风水。”岂意竟成谶语！酒瓶既罄，各采野菊插满两鬓。

归舟，日已将没。更许抵家，客犹未散。芸私告余曰：“女伶中有兰官者，端庄可取。”余假传母命，呼之入内，握其腕而睨之，果丰颐白腻。余顾芸曰：“美则美矣，终嫌名不称实。”芸曰：“肥者有福相。”余曰：“马嵬之祸，玉环之福安在？”芸以他辞遣之出，谓余曰：“今日君又大醉耶？”余乃历述所游，芸亦神往者久之。

癸卯春，余从思斋先生就维扬之聘，始见金、焦面目。金山宜远观，焦山宜近视，惜余往来其间，未尝登眺。

渡江而北，渔洋所谓“绿杨城郭是扬州”一语，已活现矣[③]。

平山堂离城约三四里，行其途有八九里，虽全是人工，而奇思幻想，点缀天然，即阆苑瑶池、琼楼玉宇[④]，谅不过此。其妙处在十余家之园亭合而为一，联络至山，气势俱贯。其最难位置处，出城八景，有一里许紧沿城郭。夫城缀于旷远重山间，方可入画，园林有此，蠢笨绝伦。而观其或亭或台，或墙或石，或竹或树，半隐半露间，使游人不觉其触目[⑤]，此非胸有丘壑者断难下手。

---

①徐俟斋：徐枋，字昭发，号俟斋。江苏吴县人。明末清初诗人、书画家。②堪舆：查看风水。③渔洋：清初著名诗人王士禛的号。④阆苑瑶池：神仙所居之地。⑤触目：碍眼的意思。

城尽，以虹园为首，折而向北，有石梁曰“虹桥”，不知园以桥名乎？桥以园名乎？荡舟过，曰“长堤春柳”，此景不缀城脚而缀于此，更见布置之妙。再折而西，垒土立庙，曰“小金山”，有此一挡，便觉气势紧凑，亦非俗笔。闻此地本沙土，屡筑不成，用木排若干，层叠加土，费数万金乃成。若非商家，乌能如是？

过此有胜概楼，年年观竞渡于此。河面较宽，南北跨一莲花桥，桥门通八面，桥面设五亭，扬人呼为“四盘一暖锅”。此思穷力竭之为，不甚可取。桥南有莲心寺，寺中突起喇嘛白塔，金顶缨络，高矗云霄，殿角红墙，松柏掩映，钟磬时闻，此天下园亭所未有者。过桥见三层高阁，画栋飞檐，五采绚烂，叠以太湖石，围以白石栏，名曰“五云多处”，如作文中间之大结构也。过此名“蜀冈朝阳”，平坦无奇，且属附会。将及山，河面渐束，堆土植竹树，作四五曲。似已山穷水尽，而忽豁然开朗，平山之万松林已列于前矣。

“平山堂”为欧阳文忠公所书①。所谓淮东第五泉，真者在假山石洞中，不过一井耳，味与天泉同。其荷亭中之六孔铁井栏者，乃系假设，水不堪饮。九峰园另在南门幽静处，别饶天趣，余以为诸园之冠。康山未到，不识如何。此皆言其大概，其工巧处、精美处，不能尽述。大约宜以艳妆美人目之，不可作浣纱溪上观也。余适恭逢南巡盛典，各工告竣，敬演接驾点缀，因得畅其大观，亦人生难遇者也。

甲辰之春，余随侍吾父于吴江明府幕中，与山阴章蘋江、武林章映牧、苕溪顾霭泉诸公同事，恭办南斗圩行宫，得第二次瞻仰天颜。一日，天将晚矣，忽动归兴。有办差小快船，双橹两桨，于太湖飞棹疾驰，吴俗呼为“出水辔头”，转瞬已至吴门桥。即跨鹤腾空，无此神爽。抵家，晚餐未熟也。吾乡素尚繁华，至此日之争奇夺胜，较昔尤奢。灯彩眩眸，笙歌聒耳，古人所谓“画栋雕甍”“珠帘绣幕”“玉栏杆”“锦步障”，不啻过之。余为友人东拉西扯，助其插

---

①欧阳文忠：欧阳修，谥号文忠。

花结彩，闲则呼朋引类，剧饮狂歌，畅怀游览，少年豪兴，不倦不疲。苟生于盛世而仍居僻壤，安得此游观哉？

是年，何明府因事被议，吾父即就海宁王明府之聘。嘉兴有刘蕙阶者，长斋佞佛[①]，来拜吾父。其家在烟雨楼侧，一阁临河，曰“水月居”，其诵经处也，洁静如僧舍。烟雨楼在镜湖之中，四岸皆绿杨，惜无多竹。有平台可远眺，渔舟星列，漠漠平波，似宜月夜。衲子备素斋甚佳。

至海宁，与白门史心月、山阴俞午桥同事。心月一子名烛衡，澄静缄默，彬彬儒雅，与余莫逆，此生平第二知心交也。惜萍水相逢，聚首无多日耳。

游陈氏安澜园，地占百亩，重楼复阁，夹道回廊。池甚广，桥作六曲形。石满藤萝，凿痕全掩，古木千章，皆有参天之势；鸟啼花落，如入深山。此人工而归于天然者，余所历平地之假石园亭，此为第一。曾于桂花楼中张宴，诸味尽为花气所夺，惟酱姜味不变。姜桂之性，老而愈辣，以喻忠节之臣，洵不虚也[②]。

出南门，即大海，一日两潮，如万丈银堤，破海而过。船有迎潮者，潮至，反棹相向，于船头设一木招，状如长柄大刀。招一捺，潮即分破，船即随招而入，俄顷始浮起，拨转船头，随潮而去，顷刻百里。塘上有塔院，中秋夜曾随吾父观潮于此。循塘东约三十里，名“尖山”，一峰突起，扑入海中。山顶有阁，匾曰“海阔天空”。一望无际，但见怒涛接天而已。

余年二十有五，应徽州绩溪克明府之召。由武林下江山船，过富春山，登子陵钓台[③]。台在山腰，一峰突起，离水十余丈。岂汉时之水竟与峰齐耶？月夜泊界口，有巡检署。“山高月小，水落石出”[④]，此景宛然。黄山仅见其脚，惜未一瞻面目。

绩溪城处于万山之中，弹丸小邑，民情淳朴。近城有石镜山，由山弯中曲折一里许，悬崖急湍，湿翠欲滴。渐高，至山腰，有一方石亭，四面皆陡壁。亭左石削如屏，青色光润，可鉴人形，俗传能照前生，黄巢至此，照为猿猴形，

①佞佛：迷信佛教。②洵：确实。③子陵：严光，字子陵，东汉人。为光武帝至友。因不欲为官，隐居于富春山。④山高月小，水落石出：语出苏轼《后赤壁赋》。

纵火焚之，故不复现。

离城十里有火云洞天，石纹盘结，凹凸巉岩，如黄鹤山樵笔意[①]，而杂乱无章，洞石皆深绛色。旁有一庵，甚幽静，盐商程虚谷曾招游设宴于此。席中有肉馒头，小沙弥眈眈旁视，授以四枚，临行以番银二圆为酬，山僧不识，推不受。告以一枚可易青钱七百余文，僧以近无易处，仍不受。乃攒凑青蚨六百文付之，始欣然作谢。

他日，余邀同人携榼再往，老僧嘱曰："曩者小徒不知食何物而腹泻，今勿再与。"可知藜藿之腹[②]不受肉味，良可叹也。余谓同人曰："作和尚者，必居此等僻地，终身不见不闻，或可修真养静。若吾乡之虎丘山，终日目所见者妖童艳妓，耳所听者弦索笙歌，鼻所闻者佳肴美酒，安得身如枯木、心如死灰哉？"

又去城三十里，名曰"仁里"，有花果会，十二年一举，每举各出盆花为赛。余在绩溪，适逢其会，欣然欲往，苦无轿马。乃教以断竹为杠，缚椅为轿，雇人肩之而去，同游者惟同事许策廷，见者无不讶笑。至其地，有庙，不知供何神。庙前旷处高搭戏台，画梁方柱，极其巍焕。近视则纸扎彩画，抹以油漆者。锣声忽至，四人抬对烛，大如断柱；八人抬一猪，大若牯牛，盖公养十二年，始宰以献神。策廷笑曰："猪固寿长，神亦齿利。我若为神，乌能享此。"余曰："亦足见其愚诚也。"入庙，殿廊轩院所设花果盆玩，并不剪枝拗节，尽以苍老古怪为佳，大半皆黄山松。既而开场演剧，人如潮涌而至，余与策廷遂避去。未两载，余与同事不合，拂衣归里。

余自绩溪之游，见热闹场中[③]卑鄙之状不堪入目，因易儒为贾。余有姑丈袁万九，在盘溪之仙人塘作酿酒生涯，余与施心耕附资合伙。袁酒本海贩，不一载，值台湾林爽文之乱[④]，海道阻隔，货积本折，不得已，仍为冯妇[⑤]。

①黄鹤山樵：元代著名画家王蒙，曾隐居于仁和黄鹤山，故以为号。②藜藿之腹：指吃惯了野菜的肚子。藜、藿，野菜名。③热闹场：这里代指官场。④林爽文：清台湾人。曾于乾隆五十一年发动起义，后被镇压。⑤冯妇：比喻重操旧业。典出《孟子·尽心上》。春秋时有冯妇喜猎虎，后改业。一日，见众人逐虎，于是再次参加猎虎工作。

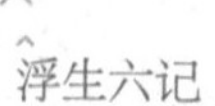

馆江北四年，一无快游可记。迨居萧爽楼，正作烟火神仙，有表妹倩徐秀峰自粤东归，见余闲居，慨然曰："足下待露而爨，笔耕而炊，终非久计，盍偕我作岭南游？当不仅获蝇头利也。"芸亦劝余曰："乘此老亲尚健，子尚壮年，与其商柴计米而寻欢，不如一劳永逸。"余乃商诸交游者，集资作本。芸亦自办绣货及岭南所无之苏酒、醉蟹等物。禀知堂上，于小春十日，偕秀峰由东坝出芜湖口。

长江初历，大畅襟怀。每晚舟泊后，必小酌船头。见捕鱼者罾幂不满三尺，孔大约有四寸，铁箍四角，似取易沉。余笑曰："圣人之教虽曰'罟不用数'，而如此之大孔小罾，焉能有获？"秀峰曰："此专为网鳊鱼设也。"见其系以长绠，忽起忽落，似探鱼之有无。未几，急挽出水，已有鳊鱼枷罾孔而起矣。余始喟然曰："可知一己之见，未可测其奥妙。"

一日，见江心中一峰突起，四无依倚。秀峰曰："此小孤山也。"霜林中，殿阁参差，乘风径过，惜未一游。

至滕王阁，犹吾苏府学之尊经阁移于胥门之大马头，王子安序中所云不足信也。即于阁下换高尾昂首船，名"三板子"，由赣关至南安登陆。值余三十诞辰，秀峰备面为寿。越日，过大庾岭，出巅一亭，匾曰"举头日近"，言其高也。山头分为二，两边峭壁，中留一道如石巷。口列两碑，一曰"急流勇退"，一曰"得意不可再往"。山顶有梅将军祠，未考为何朝人。所谓岭上梅花，并一树，意者以梅将军得名梅岭耶。余所带送礼盆梅，至此将交腊月，已花落而叶黄矣。

过岭出口，山川风物便觉顿殊。岭西一山，石窍玲珑，已忘其名，舆夫曰："中有仙人床榻。"匆匆竟过，以未得游为怅。至南雄，雇老龙船，过佛山镇，见人家墙顶多列盆花，叶如冬青，花如牡丹，有大红、粉白、粉红三种，盖山茶花也。

腊月望，始抵省城，寓靖海门内，赁王姓临街楼屋三椽。秀峰货物皆销与当道，余亦随其开单拜客。即有配礼者，络绎取货，不旬日而余物已尽。除夕，蚊声如雷。岁朝贺节，有棉袍纱套者。不惟气候迥别，即土著人物，同一五官而神情迥异。

正月既望，有署中同乡三友拉余游河观妓，名曰“打水围”，妓名“老举”。于是同出靖海门，下小艇，如剖分之半蛋而加篷焉。先至沙面，妓船名“花艇”，皆对头分排，中留水巷，以通小艇往来。每帮约一二十号，横木绑定，以防海风。两船之间，钉以木桩，套以藤圈，以便随潮涨落。鸨儿呼为“梳头婆”，头用银丝为架，高约四寸许，空其中而蟠发于外，以长耳挖插一朵花于鬓，身披元青短袄，著元青长裤，管拖脚背，腰束汗巾，或红或绿，赤足撒鞋，式如梨园旦脚。

登其艇，即躬身笑迎。搴帏入舱。旁列椅机，中设大炕，一门通艄后。妇呼有客，即闻履声杂沓而出，有挽髻者，有盘辫者，傅粉如粉墙，搽脂如榴火，或红袄绿裤，或绿袄红裤，有著短袜而撮绣花蝴蝶履者，有赤足而套银脚镯者，或蹲于炕，或倚于门，双瞳闪闪，一言不发。

余顾秀峰曰：“此何为者也？”秀峰曰：“目成之后，招之始相就耳。”余试招之，果即欢容至前，袖出槟榔为敬。入口大嚼，涩不可耐，急吐之，以纸擦唇，其吐如血。合艇皆大笑。

又至军工厂，妆束亦相等，惟长幼皆能琵琶而已。与之言，对曰“咪”，“咪”者“何”也。余曰：“少不入广者，以其销魂耳，若此野妆蛮语，谁为动心哉？”一友曰：“潮帮妆束如仙，可往一游。”

至其帮，排舟亦如沙面。有著名鸨儿素娘者，妆束如花鼓妇。其粉头衣皆长领[1]，颈套项锁，前发齐眉，后发垂肩，中挽一鬏似丫髻，裹足者著裙，不裹足者短袜，亦著蝴蝶履，长拖裤管，语音可辨。而余终嫌为异服，兴趣索然。

秀峰曰：“靖海门对渡有扬帮，皆吴妆，君往，必有合意者。”一友曰：“所谓扬帮者，仅一鸨儿呼曰‘邵寡妇’，携一媳曰大姑，系来自扬州，余皆湖广、

①粉头：妓女。

江西人也。”

因至扬帮，对面两排仅十余艇，其中人物皆云鬟雾鬓，脂粉薄施，阔袖长裙，语音了了。所谓邵寡妇者，殷勤相接。遂有一友另唤酒船，大者曰“恒舻”，小者曰“沙姑艇”，作东道相邀，请余择妓。余择一雏年者，身材状貌，有类余妇芸娘，而足极尖细，名喜儿。秀峰唤一妓名翠姑。余皆各有旧交。放艇中流，开怀畅饮。至更许，余恐不能自持，坚欲回寓，而城已下钥久矣[①]。盖海疆之城，日落即闭，余不知也。

及终席，有卧吃鸦片烟者，有拥妓而调笑者。伻头各送衾枕至[②]，行将连床开铺。余暗询喜儿：“汝本艇可卧否？”对曰：“有寮可居，未知有客否也。”（寮者，船顶之楼）余曰：“姑往探之。”招小艇渡至邵船，但见合帮灯火相对如长廊，寮适无客。鸨儿笑迎曰：“我知今日贵客来，故留寮以相待也。”余笑曰：“姥真荷叶下仙人哉。”

遂有伻头移烛相引，由舱后梯而登，宛如斗室，旁一长榻，几案俱备。揭帘再进，即在头舱之顶，床亦旁设，中间方窗，嵌以玻璃，不火而光满一室，盖对船之灯光也。衾帐镜奁，颇极华美。

喜儿曰：“从台可以望月。”即在梯门之上，叠开一窗，蛇行而出，即后梢之顶也。三面皆设短栏，一轮明月，水阔天空。纵横如乱叶浮水者，酒船也；闪烁如繁星列天者，酒船之灯也。更有小艇梳织往来，笙歌弦索之声，杂以长潮之沸哄然，令人情为之移。余曰：“少不入广，当在斯矣。”惜余妇芸娘不能偕游至此，回顾喜儿，月下依稀相似，因挽之下台，息烛而卧。天将晓，秀峰等已哄然至，余披衣起迎，皆责以昨晚之逃。余曰：“无他，恐公等掀衾揭帐耳！”遂同归寓。

越数日，偕秀峰游海珠寺。寺在水中，围墙若城，四周离水五尺许。有洞，设大炮以防海寇，潮长潮落，随水浮沉，不觉炮门之或高或下，亦物理之不可

---

①下钥：指城门关闭。②伻头：仆人。

测者。十三洋行在幽兰门之西，结构与洋画同。对渡名“花地”，花木甚繁，广州卖花处也。余自以为无花不识，至此仅识十之六七，询其名，有《群芳谱》所未载者，或土音之不同欤？

海幢寺规模极大，山门内植榕树，大可十余抱，阴浓如盖，秋冬不凋。柱槛窗栏，皆以铁梨木为之。有菩提树，其叶似柿，浸水去皮，肉筋细如蝉翼纱，可裱小册写经。

归途访喜儿于花艇，适翠、喜二妓俱无客。茶罢欲行，挽留再三。余所属意在寮，而其媳大姑已有酒客在上，因谓邵鸨儿曰：“若可同往寓中，则不妨一叙。”邵曰：“可。”秀峰先归，嘱从者整理酒肴。余携翠、喜至寓。正谈笑间，适郡署王懋老不期来[①]，挽之同饮。

酒将沾唇，忽闻楼下人声嘈杂，似有上楼之势，盖房东一侄素无赖，知余招妓，故引人图诈耳。秀峰怨曰：“此皆三白一时高兴，不合我亦从之。”余曰：“事已至此，应速思退兵之计，非斗口时也。”懋老曰：“我当先下说之。”

余即唤仆速雇两轿，先脱两妓，再图出城之策。闻懋老说之不退，亦不上楼。两轿已备，余仆手足颇捷，令其向前开路，秀峰挽翠姑继之，余挽喜儿于后，一哄而下。秀峰、翠姑得仆力，已出门去，喜儿为横手所拿，余急起腿，中其臂，手一松而喜儿脱去，余亦乘势脱身出。余仆犹守于门，以防追抢。急问之曰：“见喜儿否？”仆曰：“翠姑已乘轿去，喜娘但见其出，未见其乘轿也。”余急燃炬，见空轿犹在路旁。急追至靖海门，见秀峰侍翠轿而立，又问之，对曰：“或应投东，而反奔西矣。”急反身，过寓十余家，闻暗处有唤余者，烛之，喜儿也，遂纳之轿，肩而行。秀峰亦奔至，曰：“幽兰门有水窦可出，已托人贿之启钥，翠姑去矣，喜儿速往！”余曰：“君速回寓退兵，翠、喜交我！”

至水窦边，果已启钥，翠先在。余遂左掖喜，右挽翠，折腰鹤步[②]，踉跄出窦。天适微雨，路滑如油，至河干沙面[③]，笙歌正盛。小艇有识翠姑者，招呼登

①不期：未约定时间。②折腰：弓着腰。鹤步：踮着脚走路。③河干：河岸。

舟。始见喜儿，首如飞蓬，钗环俱无有。余曰：“被抢去耶？”喜儿笑曰：“闻此皆赤金，阿母物也，妾于下楼时已除去，藏于囊中。若被抢去，累君赔偿耶。”余闻言，心甚德之，令其重整钗环，勿告阿母，托言寓所人杂，故仍归舟耳。翠姑如言告母，并曰：“酒菜已饱，备粥可也。”

时寮上酒客已去，邵鸨儿命翠亦陪余登寮。见两对绣鞋，泥污已透。三人共粥，聊以充饥。剪烛絮谈，始悉翠籍湖南，喜亦豫产，本姓欧阳，父亡母醮，为恶叔所卖。翠姑告以迎新送旧之苦：心不欢必强笑，酒不胜必强饮，身不快必强陪，喉不爽必强歌。更有乖张其性者，稍不合意，即掷酒翻案，大声辱骂，假母不察，反言接待不周。又有恶客彻夜蹂躏，不堪其扰。喜儿年轻初到，母犹惜之。不觉泪随言落，喜儿亦嘿然涕泣。余乃挽喜入怀，抚慰之。瞩翠姑卧于外榻，盖因秀峰交也。

自此，或十日，或五日，必遣人来招。喜或自放小艇，亲至河干迎接。余每去，必偕秀峰，不邀他客，不另放艇。一夕之欢，番银四圆而已。秀峰今翠明红，俗谓之“跳槽”，甚至一招两妓。余则惟喜儿一人。偶独往，或小酌于平台，或清谈于寮内，不令唱歌，不强多饮，温存体恤，一艇怡然，邻妓皆羡之。有空闲无客者，知余在寮，必来相访。合帮之妓，无一不识，每上其艇，呼余声不绝，余亦左顾右盼，应接不暇，此虽挥霍万金所不能致者。

余四月在彼处，共费百余金，得尝荔枝鲜果，亦生平快事。后鸨儿欲索五百金强余纳喜，余患其扰，遂图归计。秀峰迷恋于此，因劝其购一妾，仍由原路返吴。

明年，秀峰再往，吾父不准偕游，遂就青浦杨明府之聘。及秀峰归，述及喜儿因余不往，几寻短见。噫！“半年一觉扬帮梦，赢得花船薄幸名”矣。

余自粤东归来，馆青浦两载，无快游可述。未几，芸、憨相遇，物议沸腾，芸以激愤致病。余与程墨安设一书画铺于家门之侧，聊佐汤药之需[1]。

---

①佐：助，补充。

中秋后二日，有吴云客偕毛忆香、王星烂邀余游西山小静室，余适腕底无闲[①]，嘱其先往。吴曰："子能出城，明午当在山前水踏桥之来鹤庵相候。"余诺之。

越日，留程守铺，余独步出阊门。至山前，过水踏桥，循田塍而西，见一庵南向，门带清流。剥啄问之[②]，应曰："客何来？"余告之。笑曰："此得云也，客不见匾额乎？来鹤已过矣！"余曰："自桥至此，未见有庵。"其人回指曰："客不见土墙中森森多竹者，即是也。"

余乃返至墙下，小门深闭，门隙窥之，短篱曲径，绿竹猗猗，寂不闻人语声。叩之，亦无应者。一人过，曰："墙穴有石，敲门具也。"余试连击，果有小沙弥出应。余即循径入，过小石桥，向西一折，始见山门。悬黑漆额，粉书"来鹤"二字，后有长跋，不暇细观。入门经韦陀殿，上下光洁，纤尘不染，知为小静室。

忽见左廊又一小沙弥奉壶出，余大声呼问，即闻室内星烂笑曰："何如？我谓三白决不失信也。"旋见云客出迎，曰："候君早膳，何来之迟？"一僧继其后，向余稽首，问知为竹逸和尚。入其室，仅小屋三椽，额曰"桂轩"，庭中双桂盛开。星烂、忆香群起嚷曰："来迟罚三杯！"席上荤素精洁，酒则黄白俱备。余问曰："公等游几处矣？"云客曰："昨来已晚，今晨仅到得云河亭耳。"欢饮良久。饭毕，仍自得云河亭共游八九处，至华山而止，各有佳处，不能尽述。华山之顶有莲花峰，以时欲暮，期以后游。桂花之盛，至此为最，就花下饮清茗一瓯，即乘山舆，径回来鹤。

桂轩之东，另有临洁小阁，已杯盘罗列。竹逸寡言静坐而好客善饮。始则折桂催花，继则每人一令，二鼓始罢。余曰："今夜月色甚佳，即此酣卧，未免有负清光，何处得高旷地，一玩月色，庶不虚此良夜也！"竹逸曰："放鹤亭可登也。"云客曰："星烂抱得琴来，未闻绝调，到彼一弹何如？"乃偕往。但见木樨香里，一路霜林[③]，月下长空，万籁俱寂。星烂弹《梅花三弄》，飘飘欲仙。忆香

①腕底无闲：指写字画画很忙。②剥啄：本为敲门声。这里指敲门。③霜林：比喻树林在月光下泛白，如同着了霜一样。

亦兴发，袖出铁笛，呜呜而吹之。云客曰：“今夜石湖看月者，谁能如吾辈之乐哉？”盖吾苏八月十八日石湖行春桥下有看串月胜会，游船排挤，彻夜笙歌，名虽看月，实则挟妓哄饮而已。未几，月落霜寒，兴阑归卧。

明晨，云客谓众曰：“此地有无隐庵，极幽僻，君等有到过者否？”咸对曰：“无论未到，并未尝闻也。”竹逸曰：“无隐四面皆山，其地甚僻，僧不能久居。向年曾一至，已坍废。自尺木彭居士重修后，未尝往焉，今犹依稀识之。如欲往游，请为前导。”忆香曰：“枵腹去耶？”竹逸笑曰：“已备素面矣，再令道人携酒盒相从也。”面毕，步行而往。过高义园，云客欲往白云精舍，入门就坐。一僧徐步出，向云客拱手曰：“违教两月，城中有何新闻？抚军在辕否？”忆香忽起曰：“秃！”拂袖径出。余与星烂忍笑随之。云客、竹逸酬答数语，亦辞出。

高义园即范文正公墓，白云精舍在其旁。一轩面壁，上悬藤萝，下凿一潭，广丈许，一泓清碧，有金鳞游泳其中，名曰“钵盂泉”。竹炉茶灶，位置极幽。轩后于万绿丛中，可瞰范园之概。惜衲子俗，不堪久坐耳。是时由上沙村过鸡笼山，即余与鸿干登高处也。风物依然，鸿干已死，不胜今昔之感。

正惆怅间，忽流泉阻路不得进，有三五村童掘菌子于乱草中，探头而笑，似讶多人之至此者。询以无隐路，对曰：“前途水大不可行，请返数武，南有小径，度岭可达。”从其言，度岭南行里许，渐觉竹树丛杂，四山环绕，径满绿茵，已无人迹。竹逸徘徊四顾曰：“似在斯，而径不可辨，奈何？”余乃蹲身细瞩，于千竿竹中隐隐见乱石墙舍，径拨丛竹间，横穿入觅之，始得一门，曰“无隐禅院，某年月日南园老人彭某重修”，众喜曰：“非君则武陵源矣[①]。”

山门紧闭，敲良久，无应者。忽旁开一门，呀然有声，一鹑衣少年出[②]，面有菜色，足无完履，问曰：“客何为者？”竹逸稽首曰：“慕此幽静，特来瞻仰。”少年曰：“如此穷山，僧散无人接待，请觅他游。”言已，闭门欲进。云客急止之，许以启门放游，必当酬谢。少年笑曰：“茶叶俱无，恐慢客耳，岂望酬耶？”

---

①武陵源：桃花源。②鹑衣：衣裳破旧，打满了补丁。

山门一启，即见佛面，金光与绿阴相映，庭阶石础，苔积如绣，殿后台级如墙，石栏绕之。循台而西，有石形如馒头，高二丈许，细竹环其趾。再西折北，由斜廊蹑级而登，客堂三卷楹，紧对大石。石下凿一小月池，清泉一派，荇藻交横。堂东即正殿，殿左西向为僧房厨灶，殿后临峭壁，树杂阴浓，仰不见天。星烂力疲，就池边小憩，余从之。

将启盒小酌，忽闻忆香音在树杪，呼曰："三白速来，此间有妙境！"仰而视之，不见其人，因与星烂循声觅之。由东厢出一小门，折北，有石蹬如梯，约数十级，于竹坞中瞥见一楼。又梯而上，八窗洞然，额曰"飞云阁"。四山抱列如城，缺西南一角，遥见一水浸天，风帆隐隐，即太湖也。倚窗俯视，风动竹梢，如翻麦浪。忆香曰："何如？"余曰："此妙境也。"忽又闻云客于楼西呼曰："忆香速来，此地更有妙境！"因又下楼，折而西，十余级，忽豁然开朗，平坦如台。度其地，已在殿后峭壁之上，残砖缺础尚存，盖亦昔日之殿基也。周望环山，较阁更畅。忆香对太湖长啸一声，则群山齐应。

乃席地开樽，忽愁枵腹，少年欲烹焦饭代茶，随令改茶为粥，邀与同啖。询其何以冷落至此，曰："四无居邻，夜多暴客，积粮时来强窃，即植蔬果，亦半为樵子所有。此为崇宁寺下院，长厨中月送饭干一石、盐菜一坛而已。某为彭姓裔，暂居看守，行将归去，不久当无人迹矣。"云客谢以番银一圆。

返至来鹤，买舟而归。余绘《无隐图》一幅，以赠竹逸，志快游也。

是年冬，余为友人作中保所累，家庭失欢，寄居锡山华氏。明年春，将之维扬而短于资，有故人韩春泉在上洋幕府，因往访焉。衣敝履穿，不堪入署，投札约晤于郡庙园亭中。及出见，知余愁苦，慨助十金。园为洋商捐施而成，极为阔大，惜点缀各景，杂乱无章，后叠山石，亦无起伏照应。

归途忽思虞山之胜，适有便舟附之。时当春仲，桃李争妍，逆旅行踪，苦无伴侣，乃怀青铜三百，信步至虞山书院。墙外仰瞩，见丛树交花，娇红稚绿，傍水依山，极饶幽趣，惜不得其门而入。问途以往，遇设篷瀹茗者，就之，烹碧罗春，饮之极佳。询虞山何处最胜，一游者曰："从此出西关，近剑门，亦虞山最佳处也，君欲往，请为前导。”余欣然从之。

出西门，循山脚，高低约数里，渐见山峰屹立，石作横纹，至则一山中分，两壁凹凸，高数十仞，近而仰视，势将倾堕。其人曰：“相传上有洞府，多仙景，惜无径可登。”余兴发，挽袖卷衣，猿攀而上，直造其巅。所谓洞府者，深仅丈许，上有石罅，洞然见天。俯首下视，腿软欲堕。乃以腹面壁，依藤附蔓而下。

其人叹曰：“壮哉！游兴之豪，未见有如君者。”余口渴思饮，邀其人就野店沽饮三杯。阳乌将落，未得遍游，拾赭石十余块，怀之归寓，负笈搭夜航至苏，仍返锡山。此余愁苦中之快游也。

嘉庆甲子春，痛遭先君之变，行将弃家远遁，友人夏揖山挽留其家。秋八月，邀余同往东海永泰沙，勘收花息[①]。沙隶崇明，出刘河口，航海百余里。新涨初辟[②]，尚无街市。茫茫芦荻，绝少人烟，仅有同业丁氏仓库数十椽，四面掘沟河，筑堤栽柳绕于外。丁字实初，家于崇，为一沙之首户。司会计者姓王，俱豪爽好客，不拘礼节，与余乍见，即同故交。宰猪为饷，倾瓮为饮。令则拇战，不知诗文；歌则号呶，不讲音律。酒酣，挥手舞拳相扑为戏。蓄牯牛百余头，皆露宿堤上。养鹅为号，以防海盗。日则驱鹰犬猎于芦丛沙渚间，所获多飞禽。余亦从之驰逐，倦则卧。

引至园田成熟处，每一字号圈筑高堤，以防潮汛。堤中通有水窦，用闸启闭，旱则长潮时启闸灌之，潦则落潮时开闸泄之。佃人皆散处如列星，一呼俱集，称业户曰“产主”，唯唯听命，朴诚可爱。而激之非义，则野横过于狼虎。幸一言公平，率然拜服。风雨晦明，恍同太古。卧床外瞩，即睹洪涛，枕畔潮声，如鸣金鼓[③]。一夜，忽见数十里外有红灯大如栲栳[④]，浮于海中，又见红光烛天，势同失火，实初曰：“此处起现神灯神火，不久又将涨出沙田矣。”揖山

---

①花息：利息。②新涨：指泥沙沉积成沙洲不久。③金：指铙钹一类的打击乐器。④栲栳：用柳条或竹篾编成的盛放东西的容器。

兴致素豪，至此益放。余更肆无忌惮，牛背狂歌，沙头醉舞，随其兴之所至，真生平无拘之快游也。事竣，十月始归。

吾苏虎丘之胜，余取后山之千顷云一处，次则剑池而已，余皆半藉人工，且为脂粉所污，已失山林本相。即新起之白公祠、塔影桥，不过留雅名耳。其冶坊滨余戏改为“野芳滨”，更不过脂乡粉队，徒形其妖冶而已。其在城中最著名之狮子林，虽曰云林手笔，且石质玲珑，中多古木，然以大势观之，竟同乱堆煤渣，积以苔藓，穿以蚁穴，全无山林气势。以余管窥所及，不知其妙。灵岩山为吴王馆娃宫故址，上有西施洞、响屧廊、采香径诸胜，而其势散漫，旷无收束，不及天平、支硎之别饶幽趣。

邓尉山一名“元墓”，西背太湖，东对锦峰，丹崖翠阁，望如图画。居人种梅为业，花开数十里，一望如积雪，故名“香雪海”。山之左有古柏四树，名之曰“清”“奇”“古”“怪”。清者，一株挺直，茂如翠盖；奇者，卧地三曲，形“之”字；古者，秃顶扁阔，半朽如掌；怪者，体似旋螺，枝干皆然。相传汉以前物也。

乙丑孟春，揖山尊人莼芗先生偕其弟介石，率子侄四人，往幞山家祠春祭，兼扫祖墓，招余同往。顺道先至灵岩山，出虎山桥，由费家河进香雪海观梅，幞山祠宇即藏于香雪海中。时花正盛，咳吐俱香，余曾为介石画《幞山风木图》十二册。

是年九月，余从石琢堂殿撰赴四川重庆府之任，溯长江而上，舟抵皖城。皖山之麓，有元季忠臣余公之墓，墓侧有堂三楹，名曰“大观亭”，面临南湖，背倚潜山。亭在山脊，眺远颇畅。旁有深廊，北窗洞开。时值霜时初红，烂如桃李。同游者为蒋寿朋、蔡子琴。

南城外又有王氏园，其地长于东西，短于南北，盖北紧背城、南则临湖故也。既限于地，颇难位置，而观其结构，作重台叠馆之法。重台者，屋上作月台为庭院，叠石栽花于上，使游人不知脚下有屋。盖上叠石者则下实，上庭院者则下虚，故花木仍得地气而生也。叠馆者，楼上作轩，轩上再作平台。上下盘折，重叠四层，且有小池，水不漏泄，竟莫测其何虚何实。其立脚全用砖石为之，承重处仿照西洋立柱法。幸面对南湖，目无所阻，骋怀游览，胜于平园，真人工之奇绝者也。

武昌黄鹤楼在黄鹄矶上，后拖黄鹄山，俗呼为“蛇山”。楼有三层，画栋飞檐，倚城屹峙，面临汉江，与汉阳晴川阁相对。余与琢堂冒雪登焉，仰视长空，琼花飞舞，遥指银山玉树，恍如身在瑶台。江中往来小艇，纵横掀播，如浪卷残叶，名利之心至此一冷。壁间题咏甚多，不能记忆，但记楹对有云：“何时黄鹤重来，且共倒金樽，浇洲渚千年芳草；但见白云飞去，更谁吹玉笛，落江城五月梅花。”

黄州赤壁在府城汉川门外，屹立江滨，截然如壁，石皆绛色，故名焉。《水经》渭之“赤鼻山”，东坡游此，作二赋，指为吴、魏交兵处，则非也。壁下已成陆地，上有二赋亭。

是年仲冬，抵荆州，琢堂得升潼关观察之信，留余住荆州，余以未得见蜀中山水为怅。时琢堂入川，而哲嗣敦夫眷属及蔡子琴、席芝堂俱留于荆州，居刘氏废园。余记其厅额曰“紫藤红树山房”。庭阶围以石栏，凿方池一亩，池中建一亭，有石桥通焉。亭后筑土垒石，杂树丛生，余多旷地，楼阁俱倾颓矣。客中无事，或吟或啸，或出游，或聚谈。岁暮虽资斧不继，而上下雍雍，典衣沽酒，且置锣鼓敲之。每夜必酌，每酌必令，窘则四两烧刀①，亦必大施觞政。

遇同乡蔡姓者，蔡子琴与叙宗系，乃其族子也，倩其导游名胜。至府学前之曲江楼。昔张九龄为长史时②，赋诗其上，朱子亦有诗曰③：“相思欲回首，但上曲江楼。”城上又有雄楚楼，五代时高氏所建。规模雄峻，极目可数百里。绕城傍水，尽植垂杨，小舟荡桨往来，颇有画意。荆州府署即关壮缪帅府④，仪门内有青石断马槽，相传即赤兔马食槽也。访罗含宅于城西小湖上⑤，不遇，又

①烧刀：又叫烧刀子，白干酒。②张九龄：唐代诗人。③朱子：指宋代思想家朱熹。④关壮缪：关羽，字云长。三国时人。卒后谥壮缪侯。⑤罗含：晋耒阳人。为桓温所重。致仕后在荆州城西建屋而居，阶前遍植兰菊。

访宋玉故宅于城北[1]。昔庾信遇侯景之乱，遁归江陵，居宋玉故宅，继改为酒家，今则不可复识矣。

是年大除，雪后极寒，献岁发春，无贺年之扰，日惟燃纸炮、放纸鸢、扎纸灯以为乐。既而风传花信，雨濯春尘，琢堂诸姬携其少女、幼子顺川流而下，敦夫乃重整行装，合帮而走。由樊城登陆，直赴潼关。

由河南阌乡县西出函谷关，有“紫气东来”四字，即老子乘青牛所过之地。两山夹道，仅容二马并行，约十里即潼关。左背峭壁，右临黄河，关在山河之间扼喉而起，重楼垒垛，极其雄峻。而车马寂然，人烟亦稀。昌黎诗曰“日照潼关四扇开”，殆亦言其冷落耶。

城中观察之下，仅一别驾[2]。道署紧靠北城，后有园圃，横长约三亩。东西凿两池，水从西南墙外而入，东流至两池间，支分三道：一向南至大厨房，以供日用；一向东入东池；一向北折西，由石螭口中喷入西池[3]，绕至西北，设闸泄泻，由城脚转北，穿窦而出，直下黄河，日夜环流，殊清人耳。竹树阴浓，仰不见天。西池中有亭，藕花绕左右。

东有面南书室三间，庭有葡萄架，下设方石，可弈可饮，以外皆菊畦。西有面东轩屋三间，坐其中可听流水声。轩南有小门，可通内室。轩北窗下，另凿小池，池之北有小庙，祀花神。园正中筑三层楼一座，紧靠北城，高与城齐，俯视城外，即黄河也。河之北，山如屏列，已属山西界。真洋洋大观也！

余居园南，屋如舟式。庭有土山，上有小亭，登之可览园中之概，绿阴四合，夏无暑气。琢堂为余额其斋曰“不系之舟”。此余幕游以来第一好居室也。土山之间，艺菊数十种[4]，惜未及含葩，而琢堂调山左廉访。以眷属移寓潼川书院，余亦随往院中居焉。

琢堂先赴任，余与子琴、芝堂等，无事辄出游。乘骑至华阴庙，过华封里，即尧时三祝处。庙内多秦槐汉柏，大皆三四抱，有槐中抱柏而生者，柏中抱槐

---

①宋玉：战国时楚国诗人。著有《九辩》等诗作。②观察、别驾：古代官职名。③石螭：石头雕的没有角的龙。螭，无角之龙。④艺：种植。

而生者。殿廷古碑甚多，内有陈希夷书“福”“寿”字①。华山之脚有玉泉院，即希夷先生化形骨蜕处。有石洞如斗室，塑先生卧像于石床。其地水净沙明，草多绛色，泉流甚急，修竹绕之。洞外一方亭，额曰“无忧亭”。旁有古树三株，纹如裂炭，叶似槐而色深，不知其名。土人即呼曰“无忧树”。太华之高，不知几千仞，惜未能裹粮往登焉。归途见林柿正黄，就马上摘食之，土人呼止弗听，嚼之涩甚，急吐去。下骑觅泉漱口，始能言，土人大笑。盖柿须摘下煮一沸，始去其涩，余不知也。

十月初，琢堂自山东专人来接眷属，遂出潼关，由河南入鲁。

山东济南府城内，西有大明湖，其中有历下亭、水香亭诸胜。夏月，柳阴浓处，菡萏香来②，载酒泛舟，极有幽趣。余冬日往视，但见衰柳寒烟，一水茫茫而已。趵突泉为济南七十二泉之冠，泉分三眼，从地底怒涌突起，势如腾沸。凡泉皆从上而下，此独从下而上，亦一奇也。池上有楼，供吕祖像，游者多于此品茶焉。

明年二月，余就馆莱阳。至丁卯秋，琢堂降官翰林，余亦入都。所谓登州海市③，竟无从一见。

---

①陈希夷：即陈抟。北宋人，相传于华山成仙。②菡萏：荷花。③海市：即海市蜃楼。

附录

民国三十四年版沈复年谱

[民国]胡不归撰

胡不归(1906—1957),号传楷,生于安徽绩溪。1930年毕业于上海吴淞中国公学大学,历任安徽省皖南省立四中历史教员、皖南报社编辑、安徽省通志馆编辑、浙江省西湖博物馆文史部主任、浙江大学龙泉分校国文教授等职。

小引

沈复字三白,清苏州元和人(译注者注:此处误,实为长洲,今苏州市吴中区)。

生于乾隆二十八年癸未(1763),卒年不可考,约在嘉庆十三年戊辰(1808)以后,享年约在四十六岁以上。

工诗文,善画花卉。淡于科名,尝游幕于江南北,后以卖画度日,穷愁潦倒,郁郁不得志以终。

生平著述,有《幞山风木图》及《浮生六记》。风木图已佚。

六记:一曰《闺房记乐》,二曰《闲情记趣》,三曰《坎坷记愁》,四曰《浪游记快》,五曰《中山记历》,六曰《养生记道》。

盖复尝随人出使琉球,并好为道家言者。其他事迹已不可考。

道光末,有杨甦补明经者(名引传,号独悟庵居士),于苏州冷摊上购得其书残

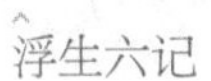

本，疑为作者原稿，已缺其二（缺五、六两记，仅存前四记）。

光绪三年丁丑，杨氏出所得残本以付尊闻阁主人，用活字板排印。由是此书得流传于世。

民国十四年（1925）乙丑，黄济惠君重排铅字本行世，上海梁溪图书馆发行。

此记系自述其一生遭遇，极为动人。

盖复一生，外不得志于时，内不为家人所谅。弃儿别女，举室他迁，冒寒冒雪，向人乞贷，其困苦颠连，可谓甚矣。

而乃黠婢宵遁，爱妻病亡，典质凑拼，才得棺殓，遂使一缕芳魂，长滞异乡，不亦大可悲乎！

其后孑然一身，漂泊天涯，殆卒以潦倒终其生焉。

余幼读其书甚喜，民国三十一年壬午，余避寇难于山中，深居不出，复苦无事，乃从友人处借得《浮生六记》而重读之，撮录其事，系以年月，因作《沈复年谱》。

清乾隆二十八年癸未（1763）先生诞生

十一月二十二日出世于苏州府元和县（乃长洲之误）沧浪亭畔爱莲居西沈宅。名复，字三白。父号稼夫（名未详），终身为幕客。母陈氏。

《坎坷记愁》曰："吾父稼夫公，慷慨豪侠，急人之难，成人之事，嫁人之女，抚人之儿，指不胜屈，挥金如土，多为他人。"

又《闺房记乐》曰："吾父稼夫公喜认义子，以故余异姓弟兄有二十六人。吾母亦有义女九人。"先生居长而行三。是年，夫人陈芸（字淑珍，舅氏陈心余先生女），先已出世，长先生十月。（按，先生幼聘金沙于氏，八龄而夭，后娶陈氏，即芸也。）

乾隆三十一年丙戌（1766）四岁

舅氏陈心余先生（先生岳丈）卒。心余夫人金氏，生女名芸，先生妻也；子名克昌。

乾隆四十年乙未（1775）十三岁

随母归宁，见表姐芸所作诗，叹其才思隽秀，告母曰："若为儿择妇，非淑姐（芸字淑珍）不娶。"母亦爱其柔和，即脱金约指缔姻焉。

时在七月十六日。是冬，芸之堂姐出阁，先生又随母往。

乾隆四十二年丁酉（1777）十五岁

稼夫公馆于山阴赵明府幕中，先生随侍左右，赵令延杭州赵传（字省斋）教其子，先生亦从受业。

乾隆四十三年戊戌（1778）十六岁

赵省斋先生以亲老不远游，设帐于家，先生遂从至杭，因得畅游西湖。

乾隆四十四年己亥（1779）十七岁

仍从赵师受业。

乾隆四十五年庚子（1780）十八岁

正月二十二日与表姐陈芸结婚。弥月后，仍赴杭从赵师受业。

夏六月归里。十八日往吴江吊父执钱师竹先生。夫人欲观太湖之胜，讬言归宁，遂同作吴江之游。归涂于万年桥下，与船家女名素云者，饮酒取乐。

秋间，弟启堂娶妇（启堂妻为王虚舟先生之孙女），先生迁居于饮马桥之仓米巷。

伯父素存公早亡，无后，以先生为嗣（素存公墓在西跨塘福寿山祖茔之侧）。

乾隆四十六年辛丑（1781）十九岁

秋八月，父病疟，由山阴返里。先生侍奉汤药，昼夜不交睫者几一月。夫人亦卧病于床。

父命拜蒋思斋（襄）先生为师，习幕以继父业。

时同县顾金鉴（字鸿干，号紫霞）亦随蒋思斋习幕，因相订交，为生平第一知己。

是冬，随蒋师习幕于奉贤官舍。

乾隆四十七年壬寅（1782）二十岁

仍在奉贤。

乾隆四十八年癸卯（1783）二十一岁

春间，从蒋师就维扬之聘。

乾隆四十九年甲辰（1784）二十二岁

是年曾归苏州，春间，随侍父于吴江何明府幕中。

与山阴章蘋江、武林章映牧、苕溪顾霭泉同事。恭办南斗圩行宫，得瞻圣驾二度南巡之盛典。

其后，何令因事被议，父应海宁王令之聘。先生随父至海宁，与白门史心月、山阴俞午桥同事。

心月子烛衡与先生莫逆，为先生生平第二知心交也。

乾隆五十年乙巳（1785）二十三岁

仍在海宁。

乾隆五十一年丙午（1786）二十四岁

仍在海宁。

乾隆五十二年丁未（1787）二十五岁

是年应徽州绩溪克明府之召，由杭州过富春山经界口抵绩溪官舍。

二月十二日与同事许策廷游仁里观“花果会”。女青君生。

乾隆五十三年戊申（1788）二十六岁

在绩未二年，与同事意不合，归苏州。自绩溪之游，见官场卑鄙之状，不堪入目。因弃幕为贾。以姑丈袁万九在盘溪之仙人塘酿酒行业，遂与施心耕附资合伙，时值台湾林爽文之乱，海道阻隔，货积本折。不得已，仍操旧业。是后馆江北者四年。

乾隆五十四年己酉（1789）二十七岁

子逢森生。

乾隆五十五年庚戌（1790）二十八岁

春间，随侍父于邗江（江都）幕中。父纳乡中姚氏女为妾。姚女系先生夫人所物色者，因此夫人遂失欢于姑。

四月，先生总角交石韫玉中进士第一。韫玉字执如，号琢堂，亦苏州人。

乾隆五十六年辛亥（1791）二十九岁

仍在江都。

乾隆五十七年壬子（1792）三十岁

是年馆于真州（仪征）。

时父病于江都，先生往省疾，未几亦病。

先是，夫人以姚姬事失欢于姑，旋又失欢于翁。父命逐去夫人。夫人以母死弟亡，不愿往依族中。先生友人鲁半舫（名璋，字春山）闻之，乃招先生夫妇居其家之萧爽楼。半舫善写松柏梅菊，工隶书，兼工铁笔。同时有杨补凡名昌绪，善人物写真，袁少迂名沛，工山水，王星澜名岩，工花卉翎毛，并爱萧爽楼幽雅，皆携画具往，先生遂从诸人学画。更有夏淡安（南薰），揖山（逢泰）两昆季，并缪山音、知白两昆季，及蒋韵香、陆橘香、周啸霞、郭小愚、华杏帆、张闲憨诸君子，时时过从，终日品诗论画，甚饶雅兴。

未几，表妹倩徐秀峰自粤东归，见先生闲居，终非久计，乃邀先生往岭南经商。先生乃商诸交游，集资作本。遂办绣货及苏酒醉蟹等物，于十月初十日启程，时十一月二十二日值先生三十诞辰。

越日，过大庾岭至南雄，雇舟过佛山镇，十二月十五日抵省城。

寓于靖海门内王姓临街楼上。

乾隆五十八年癸丑（1793）三十一岁

正月望，与秀峰游沙面花艇，识粤妓喜儿。先后在彼处凡四月，共费百余金。后鸨儿欲索五百金强先生纳喜儿，未果。

七月，先生偕秀峰自粤返归苏州（按《闺房记乐》又曰："乾隆甲寅七月，余自粤东归。"恐系先生失忆误记。以时推之，当在癸丑七月也）。

乾隆五十九年甲寅（1794）三十二岁

是年，父渐知前事始末，并知芸媳贤德，悔而招回家中。时秀峰再往岭南，父不允先生偕游，遂应青浦杨令之聘。

乾隆六十年乙卯（1795）三十三岁

仍馆于青浦。旋归里。八月初五日，偕友人吴江张闲憨同游虎丘。于浙妓温冷香寓，识其女憨园。

十八日，憨园来先生家，夫人为先生说媒，请纳憨园为妾。

嘉庆元年丙辰（1796）三十四岁

憨园为有力者夺去，先生知而默然，夫人知之，呜咽不已，于是血疾大发。

嘉庆二年丁巳（1797）三十五岁

闲居在家。

嘉庆三年戊午（1798）三十六岁

闲居在家。

嘉庆四年己未（1799）三十七岁

闲居在家。

嘉庆五年庚申（1800）三十八岁

先生连年无馆，因与程墨安设书画铺于家。三日所进，不敷一日所出。焦劳困苦，竭蹶时形。

女青君时年十四，许与表兄王荩臣之子韫石为妻，先为童媳。子逢森时年十二，托友人夏揖山转荐贸易。

是冬，先生为友人作中保受累，家庭失欢。遂于十二月二十六日送夫人往锡山华大成家养疾（华妻夏氏，为夫人之盟姐，故往依之）。

嘉庆六年辛酉（1801）三十九岁

正月十六日，先生赴靖江访范惠来姐丈索取借银，二十五日仍回华宅。

又访故人韩春泉于上洋幕府，借得十金。

二月初，访故人胡肯堂于邗江盐署，因得入贡局为司事。

嘉庆七年壬戌（1802）四十岁

仍在邗江贡局。

十月，接夫人至邗江同居，赁屋于先春门外。

不满月，贡局裁员，先生亦在被裁之列。

嘉庆八年癸亥（1803）四十一岁

二月，夫人血疾大发。先生再赴靖江范姐丈处借银，得二十五金以归。

三月三十日，夫人病故。权葬于扬江西门外之金桂山（俗呼郝家宝塔），先生携木主还乡。

旋返扬州卖画度日。

未几，扬州幕客章驭菴欲回浙葬亲，请先生代庖三月，得备御寒之具。期满，封篆出署，会乡友张禹门招寓其家。张亦失业，度岁艰难，先生即以余资二十金倾囊借之。

是年即寓张宅度岁。

先生于夫人殁后，忆林和靖“妻梅子鹤”语，自号梅逸。

嘉庆九年甲子（1804）四十二岁

仍在扬州卖画。

三月接女青君信，知父病故，即星夜驰归。弟启堂不以函告，盖恐兄归与其争产业。

先生于悲痛之余，欲出走深山作世外之念。友人夏淡安、揖山昆季，力加劝谏，请先生居其家。先生以丧期未满百日，不去，乃改居于夏宅之禅寺。

七月初，随揖山之尊翁莼芗先生赴崇明，代笔书券得二十金。归值父将安葬，乃出金予弟成葬事。

九月，复从揖山赴东海永泰沙，帮其收田息。归已残冬，移寓其家雪鸿草堂度岁。

嘉庆十年乙丑（1805）四十三岁

正月，夏莼芗偕其弟介石率子侄四人往幞山家祠春祭，兼扫祖墓，先生亦同往，顺道游灵岩山。先生曾为介石画《幞山风木图》。

七月，殿撰石琢堂（韫玉）自都门返籍，出为四川重庆守。

九月，先生随石太守赴重庆（时母已移居于九妹倩陆尚吾家，盖其故居已属之他人）。九日启程，绕道往维扬，凭吊夫人之墓。溯长江而上，舟抵皖城（安庆），与蒋寿朋、蔡子琴同游大观亭。过武昌时，与琢堂太守冒雪登黄鹤楼。

仲冬至荆州，琢堂得信知升潼关观察。先生遂与琢堂嗣君敦夫眷属及蔡子琴、席芝堂等留荆州。琢堂轻骑简从至重庆度岁，遂由成都历栈道赴任。

嘉庆十一年丙寅（1806）四十四岁

二月，琢堂川眷始由水路至樊城登陆，先生与之同赴潼关。抵潼关甫三月，琢堂又升山东按察使。于是随琢堂眷属移寓潼川书院。

十月初，琢堂自山东专人来接眷属，遂同出潼关，由河南入鲁。是时，得女青君信，始知子逢森已于四月间夭亡（年仅十八）。琢堂闻之，亦为叹伤，遂赠先生一妾，从此又入春梦。

嘉庆十二年丁卯（1807）四十五岁

二月，先生就馆莱阳。秋，琢堂降官翰林，先生亦随之入京都（是年，琢堂或曾出使琉球？先生或即随之同往？说详后）。

嘉庆十三年戊辰（1808）四十六岁

是年作《浮生六记》。按《浮生六记》第四篇《浪游记快》有云：“今年且四十有六矣，茫茫沧海，不知此生再遇知己如鸿干（顾金鉴字）者否？”故知作《浮生六记》必在四十六岁时也。惟是书已缺后两记，故不知《中山记历》与《养生记道》所述内容如何？

清时阳湖管贻葄有题《浮生六记》绝句六首。诗曰：

刘樊仙侣世原稀，瞥眼风花又各飞。赢得红闺传好句，秋深人瘦菊花肥。（此咏《闺房记乐》）

烟霞花月费平章，转觉闲来事事忙。不以红尘易清福，未妨泉石竟膏肓。（此咏《闲情记趣》）

坎坷中年百不宜，无多骨肉更离披。伤心潜下穷途泪，想见空江夜雪时。（此咏《坎坷记愁》）

秦楚江山逐望开，探奇还上粤王台。游踪第一应相忆，舟泊胥江月夜杯。（此咏《浪游记快》）

瀛海曾乘汉使槎，中山风土纪皇华。春云偶住留痕室，夜半涛声听煮茶。（此咏《中山记历》）

白雪黄芽说有无，指归性命未全虚。养生从此留真诀，休向嫏嬛问素书。（此咏《养生记道》）

由五六两首题诗，知先生曾随人出使琉球，并好为道家之言。吾疑石琢堂廉访入都后曾奉使琉球。按《清鉴》载称：“嘉庆十二年秋七月，以故琉球国中山王尚温孙灏袭封为琉球国王，遣使往封。”则当时遣使琉球，系封其国王。至出使者何人、出使年月，须待考证。

然《浪游记快》不记琉球之行，疑五六两记或为以后所作也。或者因瀛海风光，有异华夏，必须另篇记叙耶？先生卒年不可考，姑俟之，以待异日考订云尔。

原载《胜流》半月刊
民国三十四年（1945）第九期